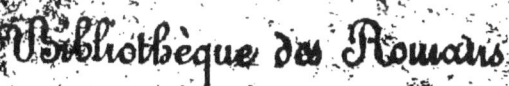

Bibliothèque des Romans

Anglais et Américains,

contenant

Les meilleurs Romans modernes,

Publiés en Angleterre et en Amérique,

TRADUITS DE L'ANGLAIS

Par M. A. J. B. Defauconpret,

Traducteur des Romans de sir Walter Scott
et de M. Cooper,

et une société de Gens de Lettres,

FRANÇAIS ET ANGLAIS.

PARIS,

Librairie de Charles Gosselin,

Rue de Seine, n° 121.

Mamie et Delaunay-Vallée,

Rue Guénégaud, n° 25.

1825.

ROTHELAN.

IMPRIMERIE DE COSSON, RUE GARANCIÈRE.

ROTHELAN,

ROMAN HISTORIQUE,

PAR M. GALT,

AUTEUR DES ANNALES DE LA PAROISSE, DE SIR
ANDRÉ WYLIE, ETC., ETC. ;

TRADUIT DE L'ANGLAIS

PAR M. A. J. B. DEFAUCONPRET,

TRADUCTEUR DE LA COLLECTION COMPLÈTE DES ROMANS
HISTORIQUES DE SIR WALTER SCOTT.

« On voit des gens dont l'esprit trop malin
Voudroit en imposer en nous citant Turpin. »

LORD BYRON.

TOME PREMIER.

PARIS,

LIBRAIRIE DE CHARLES GOSSELIN,
SEUL ÉDITEUR DES ŒUVRES COMPLÈTES DE SIR WALTER SCOTT,
RUE DE SEINE, N° 12 ;

MAME ET DELAUNAY-VALLÉE, LIBRAIRES,
RUE GUÉNÉGAUD, N° 25.

M D CCC XXV.

NOTICE

Bibliographique

Sur M. Galt.

———

M. GALT, né en Écosse, vers l'année 1780, est un des meilleurs et
des plus féconds romanciers actuels
de la Grande-Bretagne. On peut le
citer comme un des exemples de l'influence de sir Walter Scott sur la
vocation littéraire des auteurs ses
contemporains. M. Galt s'étoit livré
d'abord à des études historiques et
à la poésie; il avoit passé quelques
années sur le continent, lorsqu'il

I.   1

publia en janvier 1812 la relation de ses *Voyages sur une partie des côtes de la Méditerranée* (1). Cet ouvrage se fait remarquer surtout par des observations justes, des anecdotes intéressantes, et une critique enjouée. On peut porter le même jugement des *Lettres écrites du Levant*, contenant un aperçu des mœurs et du commerce de la Grèce et des principales îles de l'Archipel, que M. Galt publia en 1813 en un vol. in-8°.

Avant ces lettres, M. Galt avoit fait paroître en 1812 *la Vie et l'Administration du cardinal Wolsey*, un vol. in-4°. Il nous apprend dans sa préface qu'il y avoit travaillé long-temps avant de partir

_____

(1) Un volume in-4°

pour ses voyages, et qu'il y a mis la dernière main à son retour. L'histoire de cette époque, une des plus intéressantes des annales d'Angleterre, contient le règne d'Henri VIII, depuis son avénement à la couronne jusqu'à son divorce avec Catherine. M. Galt s'y montre au niveau de son sujet, mais nous croyons qu'on peut lui reprocher un peu de partialité pour son héros, défaut assez ordinaire de tous les biographes.

Il publia à peu près vers la même époque un vol. in-8° de *Réflexions sur la politique et le commerce.*

M. Galt s'étoit occupé de faire un recueil de tragédies et de comédies refusées aux théâtres de Covent-Garden et de Drury-Lane, dont le 4° vol. fut publié en 1815. M. Galt

ne remplit ici que les fonctions d'é-
diteur, mais il fait suivre chaque
pièce (1) de remarques critiques qui
sont en général justes et impar-
tiales.

M. Galt a publié aussi des tragédies de sa propre composition,
dans lesquelles il y a plus de poésie
que d'intérêt dramatique.

De 1815 à 1820, M. Galt fut
un des collaborateurs du *Black-
wood's Magazine.* Son premier
roman, intitulé *les Légataires du
comté d'Ayr,* parut par longs extraits dans cette revue mensuelle que

(1) Un semblable ouvrage devroit être étudié
par les *comités de lecture;* car le dernier acte
arbitraire exercé à Londres contre l'auteur d'*A-
lasco* prouve l'existence d'une censure presque
aussi ridicule à Londres qu'à Paris.

les torys d'Écosse dirigent exclusivement. Un colonel Armour, mort dans les Indes, lègue tous ses biens au docteur Pringle, ministre presbytérien en Écosse. Le docteur part avec toute sa famille pour Londres, afin de remplir les formalités nécessaires pour recueillir ce legs, et de voir en même temps la capitale de la Grande-Bretagne. Les lettres qu'ils écrivent à leurs amis écossais contiennent une critique très - plaisante de la métropole. C'est l'idée de Smollet dans son admirable roman comique d'*Humphry Clinker,* qui mériteroit bien d'être traduit en français (1). Les *Légataires d'Ayr*

(1) La traduction de ce roman existe et sera publiée dans le courant de l'année avec le juge-

ont été réimprimés en 1821 en un vol. in-12.

Voici la suite des romans publiés par M. Galt :

Le Tremblement de terre, 3 vol. in-12, 1820. Ce roman, plein d'invraisemblances, d'absurdités et de lieux communs, n'eut aucun suc-cès, et ne mérite guère d'être lu. Il est à croire que c'est le premier essai de l'auteur.

Les Annales de la paroisse, 1 vol. in-12, 1821 ; ce roman annonce un talent déjà formé. Il n'offre pour-tant aucun intérêt ; c'est la naïveté du récit, le ton d'importance du bon ministre Balwhidder, en parlant

---

ment qu'en porte sir Walter Scott. (*Note de l'édit.*)

des moindres incidens qui se passent dans sa paroisse, et par dessus tout le charme inimitable de l'idiome écossais, qui en font le principal mérite.

Le Prévôt, 1 vol. in-12, 1823, est un ouvrage du même genre. C'est le premier magistrat d'une petite ville d'Écosse, tout gonflé de sa dignité, qui raconte l'histoire de sa vie publique et privée. On trouve dans ce roman des épisodes très-intéressans (1).

Sir André Wylie, 3 vol. in-12, 1822, est un roman tout différent. Le héros, André Wylie, est un

---

(1) Ces deux romans, traduits en français, ont paru sousle titre de *Chroniques écossaises*, Paris, Lecointe et Durey, 1824, 3 vol. in-12.

Écossais de la plus basse condition, resté orphelin dans son bas âge, à qui son aïeule, pauvre femme qui n'est qu'à un degré au-dessus de la mendicité, parvient à faire donner quelque éducation. Comme la plupart des Écossais qui veulent faire fortune, il s'expatrie, va à Londres, et à force d'adresse et d'honnêteté, d'intrigue et de droiture, et surtout par le moyen d'une stricte parcimonie, il s'élève peu à peu, s'enrichit, est fait baronnet, et finit par épouser la fille du laird de son village (1).

---

(1) Deux traductions de cet ouvrage ont été publiées à Paris. La meilleure est celle en 4 vol. in-12. Paris, Lecointe et Durey.

(*Note de l'édit.*)

Après *Sir André Wylie*, M. Galt
publia encore un roman en un volume, intitulé *le Paquebot à va-
peur*. C'est un marchand de Glas-
cow qui s'embarque sur un paquebot
pour voir le monde, et chemin faisant
ses compagnons de voyage lui content
des historiettes qui sont narrées très-
agréablement et avec la même naïveté
qui distinguent *les Annales de la
Paroisse* et *le Prévôt*. C'est un ouvrage du même genre, entièrement
dans le style et le goût écossais, et qui
ne pourroit que perdre à être traduit.
Le couronnement de George IV est
décrit dans deux chapitres d'une manière piquante.

*Le Domaine substitué, ou les
Lairds de Grippy*, 3 vol. in-12,
1823, est encore un roman écossais.

Le laird de Walkinshaw s'est ruiné, et tous ses biens ont été vendus. Son fils, élevé par charité, commençant par être colporteur et ensuite marchand de draps, fait fortune comme André Wylie, mais par d'autres moyens. Il est avare, intéressé, ingrat ambitieux, et c'est à ces *qualités* qu'il doit une richesse qui lui permet de racheter tous les biens qui ont appartenu à sa famille, et qu'il grève de substitution, afin qu'ils ne puissent plus en sortir. Cette substitution, ouvrage de l'orgueil, devient pour lui une source de désappointemens qui se perpétuent même après lui, et dont il faut voir le détail dans l'ouvrage même, qui contient des caractères bien tracés, bien soutenus, et dignes de l'auteur de *Sir André Wylie* (1).

Ringan Gilhaise, ou *les Covenantaires,* est l'histoire d'un de ces fanatiques Écossais plus connus sous le nom de puritains. La scène se passe dans le même temps que celle des *Puritains d'Écosse* de sir Walter Scott, et par conséquent l'auteur marchoit sur un terrain dangereux. Sir Walter Scott a peint les puritains tels qu'ils furent, et M. Galt les a représentés tels qu'ils prétendent être. Ce sont, dans *Ringan Gilhaise,* des héros chrétiens, des martyrs : le fanatisme règne parmi eux revêtu de tout ce qu'il a de plus hideux,

---

(1) Cet ouvrage a aussi été traduit, Paris, Lecointe et Durey, 4 vol. in-12.

et l'on seroit même tenté de croire que l'auteur partage des opinions religieuses qui, à force de dévotion, vont presque à l'impiété. On en jugera par la traduction du dénouement de cet ouvrage.

Claverhouse, nom que *les Puritains d'Ecosse* ont fait bien connoître en France, est à la tête d'un détachement de troupes anglaises envoyées contre les factieux covenantaires, et Ringan Gilhaise se met bravement à l'affut derrière la muraille d'un jardin pour lui lâcher un coup de fusil en toute sûreté. C'est lui qui raconte ce qui suit :

» Claverhouse avançoit; plusieurs officiers étoient derrière lui, mais ses soldats étoient un peu en arrière. J'appuyai ma carabine sur le mur du jardin ; je m'agenouillai. Je le couchai en joue et je fis feu. Mais, quand la fumée fut dissipée, je vis que l'oppresseur étoit encore fièrement sur son cheval de guerre.

» Je rechargeai mon fusil, je m'agenouillai de nouveau, je fis feu une seconde fois, et sans plus de succès.

» Je me rappelai alors que je n'avois pas imploré le secours du ciel ; je me préparai à une troisième tentative, et, quand tout fut prêt et que Claverhouse se trouva devant moi, je me jetai à genoux, mon fusil à la main, et je m'écriai : — Seigneur, souvenez-vous de David et de toutes ses afflictions! Claverhouse leva le bras pour donner un ordre ; je fis feu sans me relever, et portant les yeux vers le ciel j'eus une vision comme

si tous les anges et tous les martyrs,
revêtus d'une gloire brillante, étoient
assemblés sur les murailles et les
fortifications du firmament pour voir
l'événement. Je tressaillis, et je m'é-
criai : — J'ai délivré ma terre natale !
mais au même instant, je me rappelai à qui la gloire en étoit due, et
retombant sur mes genoux je levai
les mains, je baissai la tête, et je m'é-
criai : — Ce n'est pas à moi, ô Seigneur,
c'est à vous qu'appartient la victoire.

» La fumée s'étant élevée vers le
ciel, je vis Claverhouse dans les bras
de ses officiers, tombé de son cheval ; son sang couloit d'une bles-
sure entre l'aisselle et la cuirasse. La
même nuit il fut appelé à rendre
compte de ses crimes. »

La sorcière 3 vol. in-12, 1823.
Le dénouement de ce roman est l'as-
sassinat de Jacques Ier, roi d'Écosse.
La sorcière qui donne le nom au ro-
man est une espèce de vieille folle qui
fait force prédictions qui se réalisent
toutes, mais dans un autre sens qu'on
ne les interprétoit. Il se trouve des
longueurs et des invraisemblances
dans ce roman, mais il n'est pas sans
intérêt.

Au commencement de 1824,
M. Galt publia un ouvrage en un volume, intitulé *la Femme du garçon*,
titre assez bizarre. C'est un garçon et
sa femme qui s'entretiennent de lit-
térature, ce qui sert à l'auteur de
cadre pour donner des extraits dans
tous les genres, en vers et en prose,
d'un grand nombre d'auteurs anglais.

Ce n'est donc qu'une compilation, mais elle est faite avec beaucoup de goût, et les morceaux cités sont parfaitement choisis.

Rothelan, le dernier des ouvrages publié par M. Galt, est celui dont nous offrons aujourd'hui la traduction au public. C'est un motif pour que nous n'en parlions pas.

Les seuls ouvrages de cet auteur qui aient été traduits en français jusqu'à présent sont : les *Annales de la Paroisse*, le *Prévôt*, *Sir André Wylie*, le *Domaine substitué* et *Rothelan.*

M. Galt est éditeur de plusieurs réimpréssions d'auteurs estimés, entre autres des OEuvres de H. Mackenzie, précédées d'une Notice historique et littéraire. (A. Def.)

ROTHELAN.

CHAPITRE PREMIER.

LE LIVRE.

> « De ce livre sacré l'auteur n'eut pas de père ;
> Ce fut une sibylle. Elle avoit eu pour mère
> Un des cailloux jetés autrefois par Pyrrha.
> Au lieu de parchemin, elle se prépara
> Une peau de dragon dans l'Achéron trempée,
> Et de sa main ensuite en feuilles découpée.
> Pour encre elle employa de Python le venin ;
> Et l'aile du vautour dont le bec inhumain
> A d'éternels tourmens condamne Prométhée
> Lui fournit une plume. »

La Prophétesse.

PARMI le grand nombre de missels magnifiques et de manuscrits rares et précieux qu'on admiroit dans la bibliothèque de la superbe abbaye de Fonthill, (1) il

---

(1) On peut voir des détails curieux sur ce bel édifice, dans LONDRES EN 1823, publié à Paris, chez Gide.

1*

se trouvoit un ouvrage intitulé *le livre de Beauté.* Mais il ne fut ni vendu, ni même montré au public, lorsqu'on fit la vente en 1823 du mobilier contenu dans cet édifice digne d'une tête couronnée. Nous pourrions peut-être expliquer la cause de ce mystère ; mais nous ne voulons nous occuper en ce moment que de l'ouvrage en lui-même ; et, pour se former une idée du mérite littéraire qu'il possède, il faudroit pouvoir comparer le squelette de traduction que nous allons en offrir, avec la beauté de l'original.

L'extérieur de ce volume est digne en tout point de la richesse du texte, et la reliure suffiroit seule pour inspirer l'intérêt et exciter l'admiration.

Le dos en est formé d'une substance orientale précieuse, ressemblant à l'opale par les nuances multipliées de ses couleurs,

mais beaucoup plus brillante, et d'un
pourpre dont l'éclat est singulier. Les
couvertures consistent en deux plaques
sans égales de *lapis lazuli*, attachées au
dos par des ressorts en diamant qui sont
invisibles. Chacune des neuf agrafes qui
servent à le fermer représente une muse
et est un chef-d'œuvre de l'art. L'or dont
elles sont composées provient de celui que
Raymond Lulle, suivant l'histoire des
revenus publics d'Angleterre, par sir John
Sinclair, fit pour le roi Edouard III, aussi
aisément qu'on fait aujourd'hui des billets
de banque, pour remplir son trésor pendant
les guerres qui sont si noblement décrites
dans cet ouvrage.

Mais pourquoi nous étendre si longue-
ment sur une écorce extérieure qui, quel que
puisse en être le prix, est sans aucune
valeur comparativement au fruit délicieux
qu'il renferme. L'écriture en est au-dessus
de tous les efforts de la typographie, et

le velin de chaque feuille surpasse de beaucoup en splendeur et en beauté la douceur
du satin et la blancheur de l'ivoire.
Les ornemens qui entourent les lettres
majuscules et les enluminures qui déco
rent les marges, laissent bien loin tout
ce qu'on a pu voir de plus merveilleux
en ce genre. En un mot ce livre est
tel, que nulle plume ne peut espérer
d'en faire une description qui en donne
une idée exacte; et nous n'en aurions
pas même dit tant, si nous n'avions craint
qu'on ne nous soupçonnât d'avoir trouvé un
trésor d'anciens manuscrits dans quelque
vieille caisse de Chatterton (1). Après de

---

(1) Surnommé *le Gilbert anglais*; poète re-
marquable par la précocité de son talent et la
fatalité de sa mort, causée par le désespoir. En-
couragé par l'exemple de Macpherson-Ossian,
Chatterton attribua ses poésies au vieux moine
Rowley, et soutint cette ruse littéraire avec une
rare obstination. (*Note de l'éditeur.*)

pareilles preuves, personne ne pourra
dire que nous n'avons pas eu connoissance
du volume sans pareil de la bibliothèque
de Fonthill : car, quoique plusieurs des
incidens les plus remarquables, ayant rapport à l'histoire de Dudley Néville, puissent se trouver dans nos chroniques natio-
nales, il est incontestable qu'elles n'y sont
rapportées nulle part avec autant de détails.
Il est donc inutile de dire un seul mot
du style éloquent, fleuri et incomparable
dans lequel cet ouvrage est écrit. Les pages
suivantes prouveront les efforts nombreux
que nous avons dû faire pour rendre les
idées sublimes de l'auteur, et pour faire
ressortir l'esprit d'un siècle qui fut témoin
de tant d'exploits chevaleresques, et des
aventures de notre héros.

Il est pourtant à propos de faire observer que, dans cette traduction, nous ne
suivrons pas strictement le cours régulier
de la narration de l'auteur. De même

que tous les anciens historiens, il fait entrer dans son récit beaucoup d'incidens
qui y sont étrangers. D'ailleurs, la vérité
est que les exploits d'Edouard III et du
prince noir forment en quelque sorte
la base de son histoire, au lieu que, dans
notre esquisse plus vive et plus courte,
nous avons dessein de fixer principalement
l'attention de nos lecteurs sur les aventures
de Dudley Néville. Cependant, quand
nous pourrons le faire sans détruire l'uni-
té épique de notre travail, nous ne nous
ferons pas scrupule de consacrer une ou
deux pages à des objets qui y ont un rapport moins direct, surtout quand il s'agira
de relever le mérite et de faire connoître
le caractère des hommes qui se sont acquis
tant de gloire, et qui ont fait tant d'honneur à leur patrie.

En un mot, en nous proposant d'abréger
quelquefois, nous avons dessein de repro-
duire encore plus souvent l'original, si l'on

veut conserver le nom d'original à ce
que nous serons obligé de couvrir d'un
coloris moderne , surtout dans les dialo-
gues et les discours des interlocuteurs.
Enfin , pour ne pas nous rendre coupables
d'injustice envers l'auteur , nous placerons
son tableau dans un cadre de notre façon,
ce qui nous fournira le moyen de donner de l'ensemble à notre relation , et de
la revêtir des formes dramatiques du roman , tout en fournissant à nos lecteurs
mainte occasion de se rappeler que ce qu'il
lit est l'histoire véritable de quelques-uns
des plus célèbres acteurs qui aient jamais
joué les rôles les plus brillans dans les
annales de quelque nation du monde que
ce puisse être.

CHAPITRE II.

LA VEUVE.

« Ne le savez-vous pas ?
La femme n'est pas faite
Pour les combats.
Elle bat en retraite,
Et laisse les lauriers
Aux chevaliers. »

La jeune brune.

EDMOND Crosby, lord de Rothelan, fut du nombre des barons anglais qui périrent dans les guerres d'Ecosse, pendant la minorité d'Edouard III.

Ce seigneur, comme on le voit dans le *Livre de Beauté*, avoit épousé, quelques années auparavant, pendant un voyage qu'il avoit fait en Italie, une demoiselle de Florence, d'une famille illustre, qu'il avoit ramenée avec lui en Angleterre. Quand il partit pour aller rejoindre l'armée en Ecosse, il la laissa à Londres, à Crosby-House, avec leur fils unique, enfant à peine sorti du berceau, en les recommandant à la protection de son frère, sir Amias de Crosby, qui occupoit une partie de la même maison.

Tant que son frère vécut, sir Amias traita toujours la dame italienne avec le plus grand respect, permit à sa femme d'avoir avec elle une liaison aussi intime que si elle eût été sa propre sœur, et jamais il ne lui échappa un seul mot qui tendît le moins du monde à donner à entendre qu'il avoit quelque doute qu'elle fût réellement l'épouse légitime de son frère. Mais, aussitôt qu'on reçut à Londres la nouvelle de la bataille désastreuse dans laquelle périt lord Edmond de Rothelan, il changea tout à coup de conduite, nia la légitimité de son neveu, et prit possession des biens et des honneurs de la maison de Rothelan.

En agissant ainsi, il se conduisit pourtant avec autant d'adresse que de politique; car il faisoit grand cas de l'opinion du monde, et il n'auroit pas voulu qu'elle se prononçât contre lui. Personne ne put donc l'accuser de dureté ni d'injustice. Il continua à traiter l'infortunée lady Albertina, comme il l'appeloit alors, avec le respect dû à sa naissance; la plaignant, en présence de ses amis, d'éprouver un destin si rigoureux; disant positivement qu'il savoit que l'intention de son frère étoit de l'épouser à son retour d'Ecosse, si la volonté du ciel eût été qu'il en revînt; et ajoutant que, quoique l'intérêt de sa fille, et celui des autres membres de sa famille, s'il venoit à la perdre, l'obligeassent à imprimer à son neveu la tache de bâtar-

disé, cependant l'honneur et l'amitié qu'il
avoit eue pour son frère lui faisoient un
devoir d'avoir pour lady Albertina les
mêmes égards que si elle eût été véritablement la veuve de lord Edmond.

La malheureuse étrangère, sans amis,
sans protection, ne se doutant pas de ce
qui se tramoit contre elle, resta quelque
temps entièrement livrée à la douleur que
lui causoit la mort d'un époux qu'elle ido-
lâtroit. Pendant plusieurs jours, elle ne
fit aucune attention à ce qui se passoit
autour d'elle, et il n'arriva rien qui pût
troubler la triste douceur qu'elle trouvoit
à s'abandonner entièrement à son chagrin.
Sir Amias ne lui parloit jamais qu'avec le
ton flatteur et doucereux d'un courtisan,
et il sembloit même, depuis la mort de son
frère, y mettre un accent plus tendre et
plus touchant. Lady de Crosby, quoiqu'elle ne pût s'empêcher d'être charmée
d'une découverte qui étoit si avantageuse

pour sa fille, avoit un cœur trop bon et
trop généreux pour ne pas éprouver la plus
sincère compassion pour celle qu'elle avoit
regardée comme sa belle-sœur; car elle
n'étoit nullement complice de la mauvaise
foi de son mari. Croyant à la vérité de tout
ce qu'il disoit, elle attribuoit en grande
partie le chagrin excessif de la veuve à la
douleur qu'elle pensoit que devoit lui oc-
casioner la perte de sa réputation; et,
malgré les ordres contraires de sir Amias,
elle continuoit à lui parler de son fils orphelin, comme du jeune lord de Rothelan.

Cet acte de courtoisie, inspiré par la
pitié, fit que lady Albertina ignora long-
temps la calomnie répandue par sir Amias,
et qu'il étoit parvenu à faire croire; et la
générosité supposée de sa conduite lui va-
lut autant d'applaudissemens qu'elle en auroit mérité si elle eût été sincère.

Mais après avoir réussi à tromper ainsi le
monde, après avoir eu assez de dextérité

pour faire passer la veuve de son frère, aux
yeux du public, pour une femme infortunée qui reconnoissoit la justice et la générosité des procédés qu'il avoit à son égard,
il commença à lever le voile qui couvroit
son véritable caractère.

La présence de sa belle-sœur et de son
neveu lui devint insupportable à cause de
l'injustice dont il les avoit rendus victimes,
et il désiroit vivement les voir sortir de
Crosby-House. Mais lady Albertina tenoit
à tout ce qui pouvoit lui rappeler le souvenir de son époux ; elle ne pouvoit se résoudre à s'éloigner du lieu qui avoit été la
scène de leur bonheur mutuel, et elle ré-
sista à toutes les importunités qu'il mit en
usage pour la déterminer à se retirer dans
une maison qu'il lui proposoit à la campagne, importunités qu'il voiloit du pré-
texte de l'intérêt qu'il prenoit à sa santé et
à celle de son jeune neveu.

— Je ne sais, dit-elle un jour à lady de

Crosby, pourquoi sir Amias me fait tant
d'instances pour que je quitte cette maison,
qui est le seul endroit dans le monde où je
puisse être entourée d'objets qui soient ca-
pables d'adoucir mes chagrins. Je vois ici
mille choses dont la perte rendroit plus
aigus les traits de l'affliction. Leur vue me
rend ma perte moins sensible qu'elle ne le
seroit partout ailleurs. Je vous en prie, ma
sœur, engagez-le à ne plus m'en parler, car
il me semble quelquefois qu'il prend de
l'humeur, quand je lui annonce ma résolution constante de ne pas changer de domi-
cile, et il fronce les sourcils comme si l'a-
mitié qu'il m'a toujours témoignée étoit sur
le point de s'évanouir.

Lady de Crosby ne savoit trop que lui
répondre. Elle avoit plus d'une fois pressé
sir Amias d'informer lady Albertina qu'elle
ne devoit plus ni se regarder comme maîtresse de cette maison, ni considérer son
fils comme héritier légal de son père. Elle

croyoit que la délicatesse seule l'empêchoit d'accomplir un devoir qui devenoit de jour en jour plus inévitable, et, comme c'étoit ce sentiment qui la portoit elle-même à garder le silence, elle ne lui soupçonnoit pas d'autres motifs. Cependant, se trouvant ainsi pressée, elle lui répondit avec douceur :

— Je suis fâchée d'apprendre que vous ayez cru remarquer quelques symptômes de refroidissement dans l'amitié de sir Amias. J'aime à croire qu'elle n'en a souffert aucun. Mais j'ai observé moi-même que, depuis quelque temps, il parle plus souvent des malheureuses circonstances dans lesquelles vous vous trouvez, et je l'ai même entendu dire que plusieurs de ses amis le blâmoient d'agir à votre égard comme il le fait.

— Le blâmoient ! le meilleur frère n'auroit pu agir à mon égard avec plus d'ami-

tié que sir Amias ne l'a fait. Qui peut oser
le blâmer quand mon cœur est complètement satisfait ?

— Hélas ! c'est précisément cette amitié
qu'ils blâment. Ils craignent qu'en vous
permettant de rester ici, il ne soit cause
que votre fils prenne des idées qui ..... qui
seroient peu convenables à sa situation dans
le monde.

— En me permettant de rester ici ! Mon
fils prendre des idées peu convenables à
sa situation ! Que voulez-vous dire, Milady ? Il est vrai que je suis étrangère en
ce pays, que je n'y ai ni parens ni amis à
qui je puisse demander des conseils ; je ne
connois pas vos lois, et j'ignore si elles
rendent le sort d'une pauvre veuve plus à
plaindre qu'il ne l'est en Italie ; mais, jusqu'à ce moment, j'étois loin de me douter
que je ne restois dans cette maison que par
permission ; je croyois encore moins qu'on

pût craindre quelque chose pour un fils confié aux soins de sa mère, et surtout quand elle est d'une naissance illustre et d'une conduite sans tache. A-t-on remarqué en moi quelque chose qui puisse faire croire que je ne sois pas une véritable veuve au fond du cœur.

Ces exclamations arrachées par la surprise et la douleur émurent vivement lady de Crosby, et elle répondit avec embarras:

— Bien certainement personne ne peut vous faire aucun reproche à ce sujet, mais... et elle hésita ne sachant comment finir sa phrase.

— Mais! s'écria la veuve avec fierté, reprenant toute sa dignité et se rappelant ce qu'elle se devoit à elle-même : mais quoi ? existe-t-il quelque chose sur quoi l'on ne puisse me parler librement? Qu'y a-t-il qui doive me rendre un objet de pitié, si ce n'est que je suis veuve et sans protection

dans un pays étranger? Milady, ce que je
dois à mon rang et à la mémoire de mon
époux ne me permet pas de laisser subsister ce mystère un moment de plus. Dites-
moi à quoi j'ai droit comme veuve d'un
baron anglais. J'exige ce que vos lois m'ac-
cordent; je ne veux rien de ce qu'elles me
refusent. Le ciel sait que je ne suis restée
dans cette maison que parce que je m'en
suis crue maîtresse légitime, et que j'ai été
reconnoissante des consolations que vous
avez cherché à me donner. Si je ne suis pas
maîtresse ici, j'en sortirai à l'instant; et, si
je dois à la pitié des attentions dont je me
croyois redevable à votre affection, je me
suis regardée trop long-temps comme votre
sœur.

La fermeté avec laquelle elle prononça
ces paroles imposa à lady de Crosby.
Elle baissa les yeux sous les regards per-
çans de lady Albertina, qui sembloit vouloir lire au fond de son âme, et fut acca-

blée par un sentiment de crainte inexplicable. Il lui sembloit qu'un instinct secret
l'avertissoit qu'elle étoit environnée de
dangers et même de trames criminelles.

— Ma chère lady Albertina, dit-elle,
je ne crois pas vous avoir offensée, du
moins rien n'étoit plus éloigné....

La veuve l'interrompit.

— Je remarque que depuis quelque
temps vous ne me donnez que le nom de
ma propre famille. Je fais attention, pour
la première fois que, depuis la fatale
nouvelle de la mort de mon époux,
sir Amias ne m'a jamais donné celui
de lady Rothelan. J'ai observé une dimi-
nution de respect dans les manières de
quelques domestiques. D'étranges pressen-
timens m'ont agitée de temps en temps, et
maintenant vous me parlez comme si le
jeune lord mon fils et moi nous avions besoin de la permission de votre mari pour

rester dans cette maison; vous dites même
que ses amis le blâment de nous y laisser!

— Ne parlez pas ainsi! s'écria lady de
Crosby en larmes; mon cœur saigne quand
je songe à l'imprudence que j'ai commise
en vous parlant comme je viens de le faire.

Lady Albertina la regarda quelques instans en silence, et lui dit ensuite avec
force, mais d'un ton calme et solennel qui
fit que ses paroles retentirent aux oreilles
de lady de Crosby comme le son de la
cloche qui annonce la mort.

— A-t-on conçu quelques doutes sur
mes droits? En élève-t-on sur ceux de
mon fils? Lady de Crosby, quelque crime
se médite-t-il contre nous? Vous pleurez,
et vous ne me répondez pas! Ciel miséri-
cordieux! telle est donc la situation d'une
veuve! Oui, l'héritage de mon fils orphelin mérite d'être envié, et c'est lui seul qui
empêche votre fille d'y prétendre. Pardon

lady de Crosby, je voulois dire la fille de sir
Amias. Oui, mon fils se trouve placé entre
elle et un riche héritage. Mais je sens que
mes idées se troublent. Mille choses étranges
que j'ai remarquées, qui m'inquiétoient sans
que je susse pourquoi, s'expliquent d'elles-
mêmes à présent. Oui ; il est impossible de
s'y tromper.

Elle en auroit dit davantage, mais la
violence de son émotion lui ôta l'usage de
la parole ; et, faisant un geste de la main,
d'un air égaré, elle fit connoître ainsi
à lady de Crosby qu'elle désiroit rester
seule.

CHAPITRE III.

LES DEUX ÉPOUX.

« Immolant la justice à la perversité,
Quand l'homme de son cœur chasse la vérité,
Vent s'emparer d'un bien dont il n'est pas le maître
Et par cupidité devient parjure et traitre,
Son bonheur est fini : noblesse, honneur, vertu,
Valeur, amour, plaisir, pour lui tout est perdu. »

Le duc de Byron.

LE LIVRE DE BEAUTÉ fait en cet endroit
une longue et pathétique description de l'a-
mertume qui remplit le cœur de la malheureuse dame italienne après cette conversation. Avec quel chagrin elle déplora sa
situation isolée dans un pays où elle étoit de-

puis trop peu de temps pour y avoir fait des
amis! que de larmes de tendresse elle versa
sur son fils! Mais, désespérant de pouvoir
l'égaler dans la peinture de cette scène
touchante, nous laisserons à l'imagination
de nos lecteurs le soin de se la représenter,
et nous suivrons la bonne lady de Crosby
en présence de sir Amias.

Elle le trouva assis dans son cabinet,
devant une table sur laquelle étoient éta-
lées une grande quantité de vieilles chartes
et plusieurs liasses de papiers. Lorsqu'elle
entra, il leva les yeux pour voir qui arri-
voit, mais, reconnoissant que ce n'étoit
que sa femme, il les reporta sur-le-champ
sur un parchemin qu'il tenoit à la main,
et continua sa lecture comme s'il eût été
seul. Elle avança en hésitant, et s'assit en
face lui, à quelque distance de la table.

Elle resta quelques instans en silence,
sans que sir Amias parût faire attention à
elle; enfin ses larmes commencèrent à

couler, et sa poitrine gonflée laissa échapper des soupirs. Son mari continuoit à lire,
mais de temps en temps il jetoit sur elle
un regard à la dérobée, changeoit de couleur, et les mains lui trembloient.

Enfin, ayant fini sa lecture, il remit le
parchemin sur la table, et lui dit avec un
air d'embarras visible, comme s'il eût déjà
été informé de ce qui venoit de se passer
dans l'appartement de sa belle-sœur:

— Eh bien, que dit-elle?

— Je n'ai pu prendre sur moi de lui
dire tout ce que nous savons, lui répondit
lady de Crosby en essuyant ses larmes,
et en levant les yeux sur lui; mais jamais
elle ne conviendra qu'elle n'est pas veuve
de lord Edmond.

— Vous l'a-t-elle dit?

— Je n'ai pas eu la force de lui parler
clairement. Je suis bien sûre qu'ils n'ont
jamais été mariés, puisque vous me l'avez
dit.

—Mais quoi ! s'écria vivement sir Amias d'un ton qui sentoit l'alarme, il est tout naturel de croire que, tant pour elle que pour son fils, elle fera tout au monde pour se faire passer pour veuve de mon frère. Je m'y attends, et j'y suis préparé.

— Comment, sir Amias, lui dit sa femme avec un air d'inquiétude, et pourquoi vous êtes-vous préparé à la voir vous refuser ce qui vous appartient si légitimement ? Elle m'a toujours paru avoir trop d'élévation dans l'esprit pour vouloir s'attribuer des droits qu'elle n'auroit pas, comme pour renoncer à ceux auxquels elle auroit de justes titres.

— Mais vous me dites qu'elle persiste à se dire veuve de lord Edmond ?

— Et s'il est vrai qu'elle le soit, elle y persistera toujours.

— Je lui croyois de la douceur et de la patience, dit sir Amias, songeant à peine aux paroles qui lui échappoient.

2*

—Fasse le ciel, sir Amias, que vous n'ayez pas trop compté sur sa douceur et sa patience! dit lady de Crosby, alarmée et se levant en tressaillant.

—J'espère, dit-il en se levant aussi, et en détournant les yeux, que vous ne me soupçonnez pas de vouloir lui faire tort? Ce matin même je viens d'assurer son sort et celui de son fils; et mon frère lui-même n'auroit pu le faire avec plus de libéralité.

—Lady de Crosby ne trouva rien à lui répondre. Les soupçons qui s'étoient présentés un moment à son imagination s'évanouirent avec la même promptitude, et elle se rassit, presque sans savoir ce qu'elle faisoit.

Sir Amias fit deux ou trois fois le tour de la chambre, et s'arrêtant enfin devant la table il dit en appuyant la main sur le parchemin qu'il venoit de lire:

—En voici l'acte. J'espère qu'elle ne

refusera pas de le signer, et qu'alors elle quittera Crosby-House.

— Il faut que vous lui parliez vous-même ; car pour moi, je n'ai plus la force de lui dire un seul mot sur sa malheureuse situation : je n'oserois le faire. La crainte d'être victime de l'injustice produit sur son esprit l'effet de l'huile qu'on jette sur le feu. Si elle n'a jamais été femme de votre frère, faites-lui voir que vous le savez ; si au contraire.....

Elle n'en put dire davantage, car son cœur se refusoit à admettre la possibilité de la supposition que son esprit lui sug-géroit ; et cependant, tourmentée de doutes, elle regarda son mari d'un air triste et suppliant, qui annonçoit les in-quiétudes dont elle étoit agitée.

— Elle fera bien de se soumettre de bonne grâce à ma volonté, dit sir Amias, ou je lui apprendrai qu'on ne me brave point impunément.

— Si ce que vous lui demandez est juste,
je ne doute pas qu'elle ne s'y soumette.
Lorsque vous m'avez dit qu'elle n'étoit
pas femme légitime de votre frère, et que
par conséquent son fils ne pouvoit succéder
aux honneurs et aux biens de son père, je
n'ai pu réprimer un mouvement de joie
que m'inspiroit l'intérêt de ma fille. Mais,
pour tous les biens et tous les honneurs
de l'Angleterre, je ne voudrois pas qu'elle
les dût à une injustice.

Sir Amias ne répondit rien ; et, se détournant, il fit quelques pas pour s'a-
vancer vers la porte. Lady de Crosby se
leva, courut à lui, et s'écria en le saisis-
sant par le bras :

— Sir Amias, je suis votre épouse, et
en cette qualité je suis intéressée à tout ce
qui concerne votre honneur. Je vous con-
jure donc, au nom de la justice et de tout
ce qu'il y a de plus sacré, de ne jamais

douter de la véracité et de l'intégrité de lady Albertina.

La voix lui manqua ; il y eut un instant de silence , après quoi son mari lui dit :

— Et pourquoi n'en douterois-je pas ? Que voulez-vous dire ? La croyez-vous plus incapable que moi d'en manquer ?

Lady de Crosby le regarda fixement, le vit changer de couleur, lui répondit d'un ton grave et solennel : — Oui! et se retira en fondant en larmes.

Sir Amias resta comme s'il eût été frappé de la foudre. Il la suivit des yeux, mais sans tourner la tête, sans changer d'attitude ; il sembloit avoir perdu l'usage de tous ses membres. Son teint se couvrit d'un jaune livide ; ses lèvres s'écartant convulsivement montrèrent ses dents serrées les unes contre les autres ; ses yeux devinrent égarés ; en un mot tout son extérieur annonça l'effet profond qu'avoit

produit sur lui un monosyllabe qui avoit
évoqué le démon qui lui inspiroit des projets de crimes.

Pendant quelques secondes, le silence
ne fut interrompu que par le bruit que fit
lady de Crosby en ouvrant une porte qui
conduisoit dans une autre chambre dans
laquelle elle entra, et où elle se jeta sur
un fauteuil en sanglotant, tandis que son
mari restoit immobile et comme pétrifié.

Mais sa consternation ne fut pas de longue
durée ; elle fit bientôt place à la rage. Il
jeta les yeux un moment autour de lui, se
redressa comme s'il eût pris quelque résolution terrible, et entra à grands pas dans
l'appartement voisin. Il s'avança vers sa
femme, et lui saisit le bras en le secouant
fortement.

— Gertrude! lui dit-il d'une voix dont
le son creux retentit aux oreilles de lady
de Crosby comme le son du tonnerre.

Elle leva sur lui des yeux que la terreur rendoit égarés. L'agitation de son mari augmenta ; mais, changeant probablement de projet, il fit un effort pour montrer du calme et de la tranquillité, et lui dit en lui lâchant le bras :

— Si cette femme est veuve de mon frère, elle doit pouvoir le prouver ; et, jusqu'à ce qu'elle l'ait fait, c'est un devoir pour moi de soutenir les droits hérédi-taires de ma fille et de ma famille. Je n'ai pourtant nul dessein d'agir à son égard avec dureté, à Dieu ne plaise ! Tout ce que j'ai à vous demander, c'est de ne plus vous mêler de cette affaire. Je ne sais en vérité pourquoi nous nous sommes laissés agiter ainsi pour si peu de chose.

Pendant qu'il parloit ainsi, sa femme avoit recouvré sa présence d'esprit, et elle lui répondit d'un ton mélancolique, mais avec fermeté :

— Si votre honneur est satisfait, sir

Amias, le mien doit l'être également ; et ,
si je vous ai offensé par quelques idées in-
justes ou par quelque mot injurieux, je
vous prie de me le pardonner. Mais ne
nous enveloppons pas plus long-temps de
ténèbres. Informez lady Albertina de la
situation où elle se trouve, et qu'elle rapporte la preuve de son mariage si elle le
peut. Le grand jour ne peut nuire à vos
droits ; mais ils deviendroient suspects si
votre silence y jetoit l'ombre d'un doute,
semblable à celui qui, je l'avouerai franchement, me glaçoit le cœur il n'y a
qu'un instant.

— Je ferai ce que vous désirez, Gertrude, répondit sir Amias en prenant
un ton insinuant. D'ailleurs vos désirs s'ac-
cordent avec les miens ; car mon inclination me porte à avoir pour cette malheureuse dame tous les égards qu'elle pourroit
attendre d'un frère. Nous avons tous deux
à nous reprocher de ne pas l'avoir informée

plus tôt que sa situation nous étoit connue :
mais pourquoi nous le reprocherions-nous,
puisque c'est la délicatesse qui nous fer-
moit la bouche ? L'intérêt que vous prenez
à ses infortunes fait honneur à la bonté
de votre cœur. Mais si elle est inaccessible
à la raison et à la persuasion, à quoi me
servira de lui parler ? Tout ce que je désire, c'est qu'elle quitte Crosby-House,
pour que le monde ne puisse dire que nous
sanctionnons ses prétentions en souffrant
qu'elle y reste. Après cela, je consens à
lui laisser l'innocente consolation de conserver le nom de Rothelan, si bon lui
semble, et de nommer son fils comme il
lui plaira.

Sir Amias s'efforça ainsi de calmer son
épouse, et de bannir les soupçons auxquels
il voyoit qu'elle se livroit. Il réussit effectivement à apaiser son émotion ; mais la
méfiance étoit entrée dans son esprit, et
l'harmonie qui avoit régné entre les deux
époux disparut pour toujours.

CHAPITRE IV.

LE MAITRE ET LE SERVITEUR.

> « De votre expérience écoutez la leçon.
> Ignorez-vous qu'il est un geste, un air, un ton,
> Qui savent pénétrer dans l'âme la plus dure,
> Et faire sur le cœur une impression sûre,
> Quand il seroit de fer, d'airain, de diamant ? »
>
> *L'Epouse italienne.*

SIR Amias de Crosby avoit alors dans
sa maison un certain Ralph Hanslap, qui
étoit entré à son service quelque temps
avant qu'il fût majeur, et qui ne l'avoit
jamais quitté. Il avoit toujours l'air calme
et serein, et si ses yeux n'avoient eu l'habitude de faire une évolution à droite ou
à gauche quand on le regardoit en face, on

lui auroit trouvé la physionomie agréable
et même prévenante. Il n'étoit point ba-
vard, ne cherchoit jamais à se vanter;
il étoit au contraire d'une discrétion singulière dans la conversation. Cependant
il y avoit dans sa retenue quelque chose
qui faisoit qu'il n'obtenoit pas la confiance
qu'on accorde ordinairement à cette vertu.
Il avoit accompagné sir Amias dans les
guerres d'Ecosse, et il s'étoit exposé aux
dangers sans paroître les craindre; car il y
avoit dans son courage plus d'opiniâtreté
que de grandeur d'âme, moins d'ardeur
que de soumission sombre à la nécessité.
Lent à parler, et prompt à réfléchir; prenant toutes ses précautions avant d'agir,
et agissant, sans tarder un instant, dès
qu'elles étoient prises, il avoit donné dans
sa jeunesse des espérances que son âge mûr
n'avoit pas réalisées. A l'époque dont nous
parlons, tout le mérite qu'on pouvoit lui
attribuer se réduisoit à une seule qualité;
la fidélité du chien pour son maître.

Après l'entrevue dont nous avons rapporté les principaux incidens dans le chapitre qui précède, la vertueuse lady de Crosby s'étant retirée dans son appartement, sir Amias fit venir Ralph Hanslap. En entrant dans la chambre, il marcha droit vers la table devant laquelle son maître étoit assis; mais, après avoir fait trois ou quatre pas, il s'arrêta, fixa les yeux sur le baronnet, retourna sur ses pas sans en avoir reçu l'ordre, en marchant sur la pointe des pieds, et ferma la porte au double tour, en prenant garde de ne faire aucun bruit.

Sir Amias fit un geste de la main, en lui montrant la chaise sur laquelle lady Crosby s'étoit reposée quelques instans auparavant, comme pour lui dire de s'asseoir. Hanslap la rapprocha de la table, mais il continua à rester debout, et il ne s'assit que lorsque son maître lui en eut donné l'ordre positif.

— Il y a long-temps, dit sir Amias sans lever les yeux, que je vous ai promis de récompenser votre fidélité, aussitôt que j'en aurois le moyen. La mort de mon frère me met en état de remplir cette promesse.

A ces mots, il regarda Hanslap, qui fit une inclination de tête, sans lui répondre.

— Je vois pourtant, continua son maître, que mes moyens sont moins étendus que je ne l'espérois. Lord Edmond, pendant ses voyages en Italie, a contracté des dettes considérables envers des Lombards, et il a dépensé des sommes énormes pour acheter des bijoux pour cette lady Albertina. Vous savez qu'elle n'est pas sa femme?

— Je l'ai entendu dire, répondit Hanslap en jetant un coup d'œil sur son maître; oui, je l'ai entendu dire, depuis qu'il est mort.

Le baronnet se tut un instant, et puis il ajouta avec un air d'aisance, et comme s'il n'avoit pas entendu cette dernière remarque:

— Ses joyaux sont d'un grand prix.

— C'est une dame de haute naissance dans son pays, dit Hanslap d'un air tranquille et pensif.

— Je le sais, et j'ai eu égard dans cet acte à ce qui est dû à sa naissance. Mais, comme elle n'est pas veuve de mon frère, elle n'a aucun droit à ces joyaux, et elle doit m'en faire la remise. Ils sont riches et précieux.

— Cet acte lui donne-t-il le titre de veuve de lord de Rothelan?

— Comment cela se pourroit-il? Ce n'est que par politesse que je l'ai reconnue pour sa femme, quand il vivoit. Cependant si le sort des armes l'avoit épargné, il est possible qu'il l'eût épousée.

— Je ne crois pas qu'il l'eût fait, dit Hanslap d'un ton expressif.

— Il n'y a aucune preuve de ce mariage.

— Sans doute, aucune dans ce pays.

Sir Amias ne fut pas déconcerté, quoique Hanslap lui fît entendre assez clairement qu'il pénétroit ses projets criminels.

— Vous ne pouvez croire, ajouta-t-il, que, si j'étois convaincu qu'elle est veuve de lord Edmond, je me fusse refusé à la reconnoître en cette qualité, et j'eusse pris possession des biens de mon frère?

— Je vous ai servi bien des années, répondit Hanslap. Et il jeta en même temps sur son maître un nouveau regard qui le déconcerta évidemment. Mais le baronnet réprima bientôt son émotion, et lui dit d'un ton qui prouvoit que l'insinuation n'avoit pas été perdue :

— Oui, Hanslap, vous m'avez servi long-temps et fidèlement. Je n'ai besoin de personne pour me rappeler votre attachement, et j'ai résolu de le récompenser aussi libéralement que je le puis. Mais je regrette de ne pouvoir faire tout ce que j'aurois désiré, car je vois que l'héritage de lord Edmond est grevé de bien des charges. Cependant, si l'on pouvoit déterminer lady Albertina à consentir aux arrangemens contenus dans cet acte, tant pour elle que pour son fils, et à me faire la remise de ses joyaux....

— S'y refuse-t-elle? demanda brusquement Hanslap, comme s'il eût été ennuyé d'une longue circonlocution, qu'il jugeoit peut-être inutile avec lui.

— Je ne lui ai encore fait aucune demande, répondit sir Amias; et je vous ai fait venir pour vous charger de cette affaire. Je voudrois éviter toute altercation personnelle avec elle, car je respecte son rang, et j'ai compassion de ses infortunes.

Hanslap chercha à peine à cacher un sourire en entendant son maître parler ainsi de délicatesse et de compassion, et il lui demanda en le regardant fixement :

— Et que désirez-vous que je fasse?

— Que vous tâchiez de la décider à signer cet acte.

—N'y est-elle désignée que sous le nom
de lady Albertina.

— Oui.

Hanslap ne répondant rien, sir Amias
ajouta : — Doutez-vous qu'elle y consente ?

— J'en doute.

— Mais peut-être pourrez-vous m'obtenir les joyaux ?

Hanslap lui lança un regard pénétrant,
et dit en se levant:

— Vous avez raison de vouloir lui retirer ses joyaux ; car, avec le prix qu'elle en
trouveroit, elle pourroit acheter justice.
Oui, il faut que nous ayons les joyaux.

Ce propos sans équivoque et allant droit
au but, bien loin de déconcerter sir Amias,
sembla au contraire le mettre beaucoup
plus à l'aise, et il dit, comme si toute dis-
simulation étoit devenue inutile entre eux:

— Il seroit certainement bien dur de me
trouver privé de mon héritage, et il n'y a
nul doute que le prix de ces bijoux ne don-
nât le moyen à cette femme de me susci-
ter beaucoup d'embarras. Croyez-vous
pouvoir les obtenir?

— A-t-elle quelque idée que vous vous
êtes fait l'héritier de lord Edmond?

— Je crois qu'elle en a quelque soupçon,
car lady de Crosby vient d'avoir une conversation à ce sujet avec elle.

— J'en suis fâché.

— Et pourquoi?

— Cela nous obligera à prendre les
joyaux à son insu.

Sir Amias n'étoit pas tout-à-fait préparé
à s'entendre proposer un vol. Il pouvoit
dérober à une veuve et à un orphelin l'héritage et les honneurs de son frère; mais
l'idée de voler des bijoux révoltoit son
orgueil.

— Vous parlez sans réflexion. Pourquoi

aurions-nous recours à un expédient si déshonorant ?

— Parce qu'une bagatelle ne doit pas vous arrêter ?

— Mais, mon cher Hanslap, cette femme ne sera peut-être pas aussi obstinée que vous le pensez.

— Elle sera ferme.

— Vous me surprenez. Lady de Crosby paroît avoir la même appréhension. Je l'avois toujours regardée comme une créature facile à conduire, et qui n'avoit pas une volonté à elle.

— Vous l'avez cru ?

— Jusqu'à ce jour, je n'avois pas supposé qu'elle fît grande résistance.

— En vérité ! et pourtant vous n'osez lui parler ! elle vous fait peur !

Sir Amias tourna sur ses talons pour cacher l'humeur que lui causoit cette observation, qui fut faite d'un ton qui sem-

bloit indiquer des prétentions à une sorte
d'égalité.

— Sur ma foi, sir Amias, continua
Hanslap, si vous voulez conserver ce que
vous avez déjà pris, il ne faut pas reculer
pour un petit péché de plus.

Le baronnet se détourna encore, comme
s'il eût rougi de s'entendre adresser un tel
discours.

—Il le faut absolument! ajouta Hanslap d'un ton ferme.

—Que voulez-vous dire? demanda sir
Amias avec un accent d'alarme.

— Je vous ai servi long-temps et fidèlement, comme vous venez de le reconnoître vous-même, et je puis encore en
faire autant.

Le baronnet respira plus librement, et
s'avança vers Hanslap.

—Oui, Hanslap, lui dit-il, je l'ai reconnu;
je vous l'ai dit comme je le pensois ;

et le passé m'assure que je puis également compter sur vous pour l'avenir. Vous n'avez été pour moi jusqu'ici qu'un serviteur, mais à présent vous êtes un ami.

En parlant ainsi, il lui tendit la main, mais Hanslap se borna à la toucher légèrement un instant. Enfin il fut convenu que, de manière ou d'autre, on se mettroit en possession des joyaux, tant pour satisfaire le goût qu'avoit sir Amias pour les bijoux, que pour priver une étrangère sans défense et sans protection du seul moyen qui lui restât pour déjouer une intrigue dont le but étoit de la ruiner et de la déshonorer.

~~~~~~

CHAPITRE V.

LE CONFESSEUR.

« Cette ville où je vois tant de gens affairés
N'est pour moi qu'un désert où je reste isolée.
Le timide levraut qui fuit de sa vallée ,
Effrayé par les cors , les chiens et les piqueurs ,
La perdrix qu'en son vol suit le plomb des chasseurs
Ne sont pas plus que moi sans amis, sans ressources.»

L'Etranger.

PENDANT que Ralph Hanslap et son
digne patron discouroient et conspiroient
ensemble, lady Albertina, comme nous
continuerons à l'appeler, suivant l'exemple
que nous donne à cet égard LE LIVRE DE
BEAUTÉ, avoit envoyé chercher un prêtre
italien , nommé le père Giovanni , qui

étoit son confesseur, et qui l'avoit suivie en Angleterre.

Ce moine étoit un homme simple et honnête, ayant des manières modestes, des sentimens délicats, un bon cœur, un càractère doux et une piété angélique. C'étoit un vieillard de grande taille et ayant le teint basané. Mais, quoique sa longue barbe commençât à se couvrir de neige, ses yeux brilloient encore du feu d'une intelligence tempérée par la douceur, comme s'il eût jeté un regard de compassion sur les chagrins, les fautes et le néant de ce monde. Sa tête étoit un peu courbée, mais cette attitude n'étoit pas sans grâce en lui, car elle sembloit le résultat de l'habitude de se baisser pour soutenir le foible, et relever celui qui avoit fait une chute, plutôt que la suite inévitable d'un poids accumulé par les années.

Mais cet aimable ecclésiastique dont l'extérieur étoit si prévenant et si intéres-

sant, dont les mœurs étoient si pures et
la vie si sainte, manquoit de fermeté. Ou
il attachoit si peu de valeur aux biens
de ce monde, qu'il ne les jugeoit pas dignes
des peines et des soins qu'il faut prendre
pour les acquérir ou les conserver ; ou, ce
qui est plus probable, il y avoit dans sa
douceur un alliage de foiblesse qui diminuoit le prix de cette vertu.

En arrivant devant lady Albertina, il
la trouva versant des larmes, et il entroit
dans ces larmes autant d'amertume que
d'affliction. Sa fierté la soutenoit contre
les indignes outrages dont elle étoit menacée ; mais la foiblesse de son sexe et la
connoissance qu'elle avoit de la triste vérité
qu'elle se trouvoit sans protection dans un
pays étranger l'emportoient souvent sur
la noble fermeté qui l'encourageoit à défier
ses oppresseurs et à leur résister.

Le père Giovanni s'assit près de lady
Albertina, et garda le silence quelques

instans. Il voyoit que son esprit étoit comme un navire ayant perdu ses mâts, ses voiles et ses ancres, et voguant pendant la nuit au gré des vents et des courans, au milieu des dangers et des écueils. Mais après avoir écouté quelque temps les soupirs et les exclamations que lui arrachoit la douleur il commença à la prier de se rappeler que ce monde n'étoit qu'une continuelle succession de contrariétés et de désappointemens, et que tous les biens, tous les plaisirs qu'il offroit, n'étoient pas plus durables que la réflexion de lumière qui jaillit de la surface de la froide chrysolithe.

— Je ne me plains pas du passé, lui dit-elle, je n'ai pas trouvé que le bonheur que j'ai perdu fût si peu de chose. Non, ces larmes sont une preuve de la valeur que j'y attachois, et mon cœur est témoin que le sentiment que j'éprouvois est durable. Je ne sais ce que vous pouvez appeler éternel, si ce que je sens comme

3*

faisant partie de mon être, ce que je crois
immortel, n'est pas impérissable. Ne me.
parlez donc ni de contrariétés ni de désappointemens ; dites-moi ce que font les
méchans. Non, dites-moi plutôt, ce que
peuvent oser faire les êtres vertueux. Je
ne sais comment exprimer mes idées ,
parlez-moi de la douceur, du plaisir, du
bonheur d'avoir près de soi des amis, des
parens , des frères,... des frères ! O Dieu!
quels frères !

Le confesseur ne répondit rien, il vit
qu'il avoit blessé sans le vouloir le cœur
de lady Albertina, et il résolut prudem-
ment de la laisser exhaler sa plainte.

— Savez-vous qui je suis? Continua-t-
elle en se levant , et en se promenant
dans l'appartement. Y a-t-il dans toute
l'Italie une noblesse plus pure que celle
de la maison de mon père ? A-t-il
jamais existé une femme plus respectée
que ne le fut ma mère ? Moi - même , -

quand je vins dans ce pays quel reproche pouvoit-on m'adresser? L'honneur de mon mari étoit si bien connu que personne, pendant sa vie, n'auroit osé élever un soupçon contre son intégrité. Et cependant, malgré la noblesse de mon père, la vertu de ma mère, mon innocence et l'éclat que jette encore l'honneur sans égal de mon époux, Edmond lord de Rothelan, mon fils, sera appelé bâtard! Mère de Jésus-Christ! vous ne le permettrez pas.

Quand le père Giovanni l'entendit parler ainsi, il devint agité à son tour, et lui demanda d'une voix inquiète et empressée ce qu'elle vouloit dire, la priant en même temps de modérer son émotion.

— Nous rendons les maux de la vie plus fâcheux qu'ils ne le seroient, lui dit-il, en ne les envisageant pas comme ce qu'ils sont véritablement, c'est-à-dire comme les suites naturelles de notre situation

dans ce monde. Les traits de l'adversité
sont souvent cruels ; mais ce sont nos efforts
imprudens pour retirer promptement la
flèche barbelée qui font qu'elle nous
déchire d'une manière encore plus dou-
loureuse. Si vos infortunes, Milady, sont
de nature à pouvoir être allégées par un
ami, parlons-en avec calme, faites un
effort pour modérer la violence de votre
agitation, et voyons ensemble ce qu'il
convient de faire.

Lady Albertina ne lui répondit rien et
continua à se promener dans sa chambre.
Tantôt elle marchoit d'un pas ferme et
majestueux, et l'on entendoit ses pieds
tomber comme en mesure sur le plancher ;
tantôt elle redoubloit de vitesse ; quelquefois elle s'arrêtoit, levoit les bras vers le
ciel, et sembloit l'implorer ou lui adresser
des reproches. Ce trouble d'esprit finit
enfin par perdre pourtant de son intensité ;
sa marche devint plus régulière, ses joues

pâles, reprirent leur coloris ordinaire, et retrouvant peu à peu son sang-froid, sans effort apparent, elle s'assit tranquillement les bras croisés sur sa poitrine. Elle lui fit part alors de la conversation qu'elle venoit d'avoir avec lady de Crosby, et lui rapporta diverses observations qu'elle avoit faites sur la conduite de sir Amias; elle conclut qu'elle avoit à craindre qu'on ne méditât quelque grande injustice contre elle et contre son fils.

— Oui, dit-elle, je suis malheureuse-ment convaincue que sir Amias a le projet, non-seulement de s'emparer d'un héritage qui appartient à mon fils, mais de jeter une tache d'infamie sur sa malheureuse mère. Et que puis-je faire pour lui ré-sister?

— Vous ne pouvez que mettre votre confiance dans le secours du ciel, car sir Amias est un homme puissant, et il est si fort de la réputation dont il jouit dans le monde, que.....

—Ah! s'écria la malheureuse veuve,
retombant de nouveau dans les angoisses
du chagrin, voilà ce qui rendra incroyable
son crime envers moi! Mais je ne vous ai
pas fait prier de venir pour écouter des
lamentations, quoiqu'il faille que vous
ayez quelque indulgence pour ma foiblesse.

—Je n'ai besoin que de savoir en quoi
je puis vous être utile; car il n'est rien que
je ne sois prêt à faire pour vous servir.

—Mais comment vous expliquer ma
situation? je ne sais si je la comprends bien
moi-même. Tout ce que je sens, c'est que
j'ai besoin d'amis. Je ne me soumettrai jamais à sir Amias. Il est possible que je ne
vive pas long-temps, et je voudrois défendre les droits de mon fils. Hélas!
mon père, vous n'êtes plus jeune, et vous
ne pouvez maintenant endurer beaucoup
de fatigues.

— Dieu me donnera la force nécessaire

pour exécuter tout ce que sa Providence exigera de moi.

— Mais Florence est bien loin d'ici.

— J'irois à l'extrémité du monde pour vous servir.

— Comment espérer que vous puissiez résister à la fatigue d'un si long voyage ?

— Ce voyage ne me paroît pas nécessaire. Une lettre peut informer votre famille des périls qui vous menacent.

— Je préférerois y aller moi-même et emmener mon fils avec moi. Je laisserois sir Amias en possession tranquille de tout ce qu'il cherche à nous enlever, jusqu'à ce que je puisse revenir, armée de telles preuves de nos droits, que ni son pouvoir ni sa réputation ne suffiront pour y résister. Sans votre âge, je vous prierois de m'accompagner, car je n'ai pas d'autre ami que vous en ce pays étranger.

— Vous avez le ciel partout. La voûte

du firmament, qui couvre tout l'univers, n'est-elle pas le symbole d'une Providence universelle ?

— Mais cette voûte couvre également sir Amias. Cette Providence lui permet d'opprimer la veuve et l'orphelin. Oh ! mon père, est-ce donc là la justice du ciel !

— Prenez garde, lady Albertina ! de telles paroles....

— Je ne suis point lady Albertina. Je suis la veuve de lord Edmond de Rothelan, et je ne veux pas qu'on me donne d'autre nom.

Le bon père, ayant compassion de l'angoisse d'esprit qu'elle souffroit, suspendit les remontrances qu'il avoit dessein de lui faire sur la manière irrévérente dont elle venoit de parler de la Providence et de la justice du ciel, dans le trouble d'esprit occasioné par l'excès de son affliction, et il lui dit avec son ton de douceur et de bonté ordinaire qu'il l'accompagneroit vo-lontiers en Italie.

— Mais il me faut de l'argent pour ce voyage, dit-elle, et je ne sais où en trou-ver. Je mourrois plutôt que de recevoir un seul marc de sir Amias; mais j'ai des bi-joux, et vous pourrez les vendre.

A ces mots elle alla chercher un écrin, le remit au père Giovanni, et celui-ci, le mettant sous son froc, sortit pour tâcher d'exécuter les intentions de lady Alber-tina.

CHAPITRE VI.

LA MAISON DU JUIF.

« Qui frappe à notre porte ?
— Oh ! c'est quelque étranger ;
A la manière dont il frappe,
Il est facile d'en juger. »

Nouvelle comédie.

COMME c'est une chose bien entendue que les Juifs doivent se convertir et embrasser le christianisme avant la fin du monde, nous soumettons aux réflexions du genre humain la question de savoir si tous les projets et toutes les associations tendant à la conversion de ce peuple endurci ne tendent pas aussi à accélérer la

destruction du globe que nous habitons. Chacun peut juger, d'après l'état de ses affaires
et de sa conscience, jusqu'à quel point il
doit désirer cet événement. Quoi qu'il en
soit, nous ne discuterons pas ce sujet im-
portant, de peur de nous exposer à être
accusé par quelque savant logicien de nous
jeter dans des digressions étrangères à notre
sujet ; et nous nous contenterons de faire
observer que cette vérité nous a été sug-
gérée par la comparaison que nous avons
faite des effets que produit de nos jours le
zèle philanthropique pour la santé de l'âme
des Juifs, avec la situation où se trouvoit
un certain Adonijah, prêteur d'argent,
et la réputation dont il jouissoit, à l'époque
où vivoient les personnages dont nous
écrivons l'histoire.

Cet homme, eu égard à sa qualité de
Juif, avoit de la justice et de la probité,
car il étoit rare qu'il exigeât une reconnoissance de plus du double de l'argent

qu'il prêtoit, indépendamment de l'intérêt légal, et du droit de courtage : aussi comptoit-il parmi ses pratiques beaucoup de personnes attachées à la cour. Si l'on veut faire attention qu'il vivoit dans le siècle d'ignorance d'Edouard III, on conviendra que c'étoit un usurier, libéral, consciencieux, puisque, dans le siècle de lumière de George III, nous avions un ami à qui plus d'un chrétien très-honorable prêtoit à raison de treize schillings huit pences par livre. Mais revenons-en à notre histoire.

Ce fut à cet Adonijah que le père Giovanni résolut d'offrir les bijoux de lady Albertina. Il avoit entendu parler de lui, comme un vicaire de village entend de nos jours parler des têtes couronnées; et, comme on disoit que sa richesse étoit sans bornes, il en concluoit que personne ne devoit lui donner un prix plus avantageux de ses joyaux. Dans la simplicité de son cœur, il ne lui vint pas un instant à l'idée que plus

un marchand est riche, plus il est dur en affaires. Au surplus on n'avoit pas encore in-
venté alors l'économie politique; quoique,
depuis le trafic qui eut lieu entre notre
mère Éve et le serpent, serpent que certains
érudits modernes, soit dit en passant, prétendent avoir été un singe, il ait été uni-
versellement reconnu qu'on doit tenter ses
enfans d'acheter ce dont ils n'ont pas besoin, surtout quand l'objet se trouve entre
les mains de quelqu'un qui désire le
vendre.

En conséquence, portant l'écrin sous
son froc, le père Giovanni alla de Crosby-
House jusqu'à Cornhill; et, y étant arrivé,
il demanda la demeure du Juif à une vénérable dame qui filoit à la quenouille sous
l'auvent de sa boutique. A cette époque les
boutiques de la cité de Londres n'avoient
pas encore de devantures vitrées, et les
étages au-dessus du rez-de-chaussée étant
couverts de divers ornemens en sculpture,

et s'avançant dans la rue, la façade des
maisons ressembloit assez à la poupe d'un
moderne vaisseau de ligne. Cette vieille
dame étoit épouse d'un alderman, marchand épicier, qui exerçoit en ce moment
ses fonctions municipales à Guildhall. Ils
avoient un apprenti qu'elle auroit volontiers donné pour guide au père Giovanni,
mais il étoit également absent : il avoit
été envoyé chez le pourvoyeur du roi
pour l'informer qu'ils venoient de recevoir une caisse de confitures sèches.
Nous disons *ils*, parce qu'alors les femmes
des marchands de Londres s'occupoient
du commerce de leurs maris au lieu d'aller au bal et au spectacle, et qu'ils offroient
leurs denrées pour la bouche du roi, comme
c'étoit leur devoir, avant de les étaler en
vente pour attirer des pratiques. Se trouvant donc seule, et ne voulant pourtant
tant pas laisser un étranger dans l'embarras, la bonne femme ferma la porte de
sa boutique, et, sans quitter sa quenouille,

le conduisit elle-même jusqu'à la demeure d'Adonijah.

Le père Giovanni ayant frappé à la porte, et un jeune homme étant venu l'ouvrir, il lui demanda si Adonijah étoit chez lui.

— Je ne suis pas sûr qu'il y soit, répondit le jeune homme avec un coup d'œil qui sembloit dire que cette visite lui paroissoit suspecte; car le costume monacal n'étoit pas une recommandation pour faire ouvrir la porte d'Adonijah.

— Qu'est-ce que vous lui voulez? demanda une voix aigre dans l'intérieur de la maison. Et, une porte donnant sur le vestibule s'entr'ouvrant en même temps, on y vit paroître la figure jaune et revêche d'une vieille femme.

— Je voudrois, répondit le père Giovanni, parler à maître Adonijah, concernant des bijoux que j'ai dessein de vendre ou de mettre en gage, ainsi que nous en conviendrons ensemble.

La vieille femme se retira, ferma la porte, et quelques instans après sa tête y reparut de nouveau, et elle invita le père Giovanni à entrer, donnant ordre en même temps à son fils, qu'elle nomma Josbekas-hah, de fermer avec soin la porte de la rue.

La chambre dans laquelle le père Giovanni fut introduit étoit aussi sombre que mal meublée. Un rideau suspendu à une corde la divisoit en deux appartemens. L'ameublement du premier, dans lequel il étoit, ne consistoit qu'en une table placée près de la fenêtre et deux tabourets de bois. Sur la table étoient des rognures de parchemin qui sembloient avoir été coupées des marges de quelques actes, pour servir au besoin, et une écritoire de fer avec une plume encore mouillée d'encre, ce qui faisoit voir qu'on venoit de s'en servir à l'instant.

Josbekashah avança un des tabourets,
et sa mère, en ayant essuyé la poussière
avec le pan de sa robe, invita l'étranger
à s'asseoir. Elle passa alors derrière le rideau, et l'on entendit ouvrir une porte,
et prononcer quelques mots à voix basse;
après quoi le rideau se soulevant de nouveau, Adonijah se courba pour entrer dans
la première section de l'appartement, et
parut en personne.

C'étoit un homme déjà avancé en âge,
mais évidemment plus jeune que sa femme.
Il avoit de l'embonpoint, et sa physionomie indiquoit un homme à qui les plaisirs
de la table n'étoient pas indifférens. Cependant l'ensemble de ses traits, quoique
n'ayant rien de distingué, promettoit de
la bonté et même de la cordialité. Ses yeux
brilloient d'intelligence, et son air annonçoit un homme naturellement bon et libéral que l'habitude avoit rendu avare et
rapace. Au total c'étoit un homme vrai-

ment singulier ; naturellement juste, mais
d'une dextérité sans égale dans sa profession ; ordinairement intéressé, et quelquefois généreux ; en un mot il possédoit quelques vertus qui n'étoient pas indignes de
sa grande fortune.

Il prit le second tabouret, s'assit, appuya un coude sur la table, et commença
la conversation dont nous rendrons compte
dans le chapitre suivant.

CHAPITRE VII.

LE JUIF.

« Et que vous dois-je, s'il vous plaît ?
Est-il un contrat qui nous lie ?
Pour moi qu'avez-vous jamais fait,
Pour venir sans cérémonie
Me demander de vous servir ? »

Le Sorcier.

— Et vous voulez me vendre des bijoux ? dit Adonijah au père Giovanni ; qu'ai-je besoin de bijoux ? il n'y a personne ici pour en porter. Ma femme est une femme de ménage et non une belle dame. Les bijoux coûtent de l'argent, et je suis pauvre.

Tout en parlant ainsi, il attiroit à lui l'é-

crin comme par distraction; il l'ouvrit et
en leva le couvercle sans avoir l'air d'y
faire attention. Le père Giovanni l'écoutoit
en silence, entendoit avec surprise cette
déclaration de pauvreté, et jetoit de temps
en temps un coup d'œil sur la nudité des
murailles et de tout l'appartement, qui
sembloit rendre témoignage à la vérité de
ce que disoit le vieux fils d'Abraham.

L'écrin une fois ouvert, Adonijah laissa
tomber une main comme par hasard sur les
bijoux, y jeta un regard avec insouciance,
et quelques instans après les prit les uns
après les autres, avec un air de dédain,
pour les examiner de plus près. Après
s'être ainsi assuré de la valeur des bijoux,
il se tourna vers le père Giovanni, qui attendoit avec impatience et inquiétude le résultat de cet examen, et lui dit :

— Mon bon ami, quand je n'avois pas
encore de barbe au menton j'étois lapidaire, et j'ai vu bien des bijoux; j'ai vu

les joyaux du roi de Navarre; j'ai vu les joyaux du comte de Hainault; j'ai vu les joyaux du roi de France; enfin j'ai vu les joyaux de beaucoup de grands lords d'Angleterre. C'étoit là, je crois, de quoi apprendre à un jeune homme à se connoître en joyaux. Mais, mon cher ami, il ne faut pas me dire que vous venez pour me vendre des bijoux, si vous n'en avez pas d'autres que ceux-ci. Vous appelez cette grosse pierre un rubis? ce n'est qu'un morceau de verre de couleur. Ah! ce monde est plein d'impostures! Toutes ces pierres ont été produites par l'alchymie. Et ces perles! Je ne dirai pas que ce ne sont pas des perles, mais elles sont d'une mauvaise eau; il n'y en a pas une qui soit orientale. Quant à cet or, c'est de l'or, si vous voulez, mais du plus bas aloi.

Le bon moine fut déconcerté en entendant le Juif parler de ces bijoux d'un ton si méprisant, et en le voyant ensuite repousser l'écrin avec indifférence.

— Cependant, dit-il, on regardoit toutes ces pierres comme précieuses et d'une grande valeur. Que vais-je donc faire?

— C'est à vous-même à répondre à cette question, mon bon ami, dit le Juif; mais ce que je puis vous dire, c'est que vous ne trouverez personne à Londres qui vous achète ces pierres comme véritables.

Le père Giovanni tira l'écrin à lui, l'ouvrit, y jeta un coup d'œil, et dit en soupirant : — Il est possible qu'elles soient fausses, mais elles sont brillantes, et les bijoux sont bien beaux!

— Beau! s'écria Adonijah; vous appelez cela beau! je suis donc beau, moi vous êtes donc beau, vous-même? cet appartement est donc beau? qu'est-ce que vous appelez beau? et reprenant l'écrin : Tenez, ajouta-t-il, je vais vous montrer...

— Je ne me connois pas en bijoux, dit le père Giovanni en l'interrompant, et il

est possible que l'opinion que vous avez
de ceci soit juste.

— Je suis un honnête homme, dit Adonijah en étendant le bras droit et en regardant le moine en face ; je ne cherche
pas à déprécier vos bijoux, puisque je ne
veux pas les acheter, et que je n'ai pas
d'argent pour les payer ; mais si vous voulez les vendre.....

— Oui, sans doute je le veux, dit le
père Giovanni ; la dame qui désire les
vendre a le plus grand besoin d'argent.
Ces malheureuses guerres.....

— Ah ! ces guerres, ces guerres, s'écria
Adonijah ; on se bat, on est fait prisonnier,
et puis il faut une rançon ; mais, quand il
faudroit pour une rançon cent fois tout
l'argent qui se trouve dans ma nation, il y
a tel joyau qui pourroit la payer. Voyez
cette lettre, elle est de mon frère qui est
à Gand ; il me dit qu'il s'y trouve de si
belles pierres et à si bon marché ! Les vôtres

ne sont que comme les cailloux du bord de la
mer en comparaison de celles qu'ont rouvé
à Gand. Je n'ai pas besoin de bijoux ; je n'ai
pas d'argent pour en acheter ; si j'en avois,
je l'enverrois à mon frère, à Gand.

Le père Giovanni ne trouva pas un mot
à répliquer ; il reprit l'écrin, le remit sous
son froc, et se leva d'un air décontenancé
pour se retirer. Adonijah se leva aussi.

— Si vous désirez absolument les vendre,
lui dit-il, je puis vous indiquer un de mes
amis, un fort honnête homme que vous
pourrez aller trouver ; vous lui direz que
je n'ai pas d'argent pour acheter vos bijoux.
Non, attendez ! je puis vous rendre un
service ; je vais envoyer chez lui mon
fils Josbekashah, et il viendra ici : il
ne demeure qu'à deux pas ; peut-être
vous donnera-t-il quelque argent de vos
bijoux par charité, car c'est un fort honnête homme.

Ces mots rendirent quelque espérance

au père Giovanni ; il se rassit, et, Adonijah ayant frappé des mains trois fois , Josbekashah sortit de derrière le rideau.

— Allez chez votre oncle Shébak , lui dit son père, et dites-lui de venir ici avec de l'argent pour acheter des bijoux, car je voudrois obliger ce brave homme qui en a à vendre , et je n'ai pas d'argent pour les payer.

Josbekashah obéit à son père ; Adonijah reprit sa place ; le moine replaça l'écrin sur la table, et le Juif remit les guerres sur le tapis.

— Oui, dit-il, le monde est rempli de méchans qui font la guerre , et la guerre fait le malheur des mères et des enfans ; mais vous avez l'air fatigué, venez-vous de bien loin avec vos bijoux ?

— Non, répondit le moine avec simplicité, je ne viens que de Bishopgate.

— De Bishopgate ? répéta le Juif en se frottant le front et en ayant l'air de réflé-

4*

chir; un des barons qui a été tué dans la
dernière guerre demeuroit dans cette rue.

— Oui, lord Edmond de Rothelan.

— Eh bien, il n'a pas besoin de rançon.
C'est une bonne chose pour sa famille,
une fort bonne chose.

— Ce n'en est pas moins un malheur
irréparable pour sa veuve. C'est à elle
qu'appartiennent ces bijoux, et elle veut
les vendre afin de se procurer de l'argent
pour aller en Italie.

— Quoi ! est-elle donc si pauvre ? c'est
un grand crime dans ce monde que d'être
pauvre; mais je le suis moi-même, et vous
voyez la pauvreté de ma maison. Mais
pourquoi va-t-elle en Italie ? elle répandra
son argent sur toutes les routes en faisant
ce voyage.

— Vous ne savez peut-être pas qu'elle
est de ce pays. Elle a besoin d'y retourner
pour....

Le digne moine s'aperçut qu'il étoit plus communicatif avec un étranger que la prudence ne le permettoit, et il s'arrêta tout à coup. Mais Adonijah avoit déjà remarqué que quelque chose lui pesoit sur l'esprit, et il connoissoit assez le monde pour sentir qu'il falloit quelque cause fort extraordinaire pour obliger la veuve d'un baron riche et puissant comme lord de Rothelan à vendre ses bijoux. Frappé de cette idée, il s'écria avec un accent de compassion :

— Pauvre dame ! Elle a donc perdu tous ses amis en perdant son mari !

Cet élan de sensibilité toucha le cœur du père Giovanni ; et il oublia complètement, comme il l'avoit fait pendant toute cette entrevue, qu'il avoit affaire à un Juif, à un usurier.

— Ce que vous dites n'est que trop vrai, dit-il, et elle n'a pas trouvé en sir Amias....

— Ah ! s'écria Adonijah, je connois ce

sir Amias. Il n'est pas trop méchant pour un chrétien.

— Comment! dit le moine, surpris de ces trois derniers mots.

Adonijah, qui s'étoit oublié un moment, chercha à expliquer favorablement ce qu'il venoit de dire; et le père Giovanni, dont les pensées s'étoient déjà reportées sur le sujet qui l'occupoit exclusivement, dit qu'il craignoit que sir Amias ne fût pas ce que le supposoient, d'après la douceur de ses manières, ceux qui ne le connoissoient pas.

Pendant qu'ils s'entretenoient ainsi, on entendit frapper à la porte, et le Juif, appelant sa femme, qui arriva à l'instant de derrière le rideau, lui dit d'aller voir qui le demandoit. En même temps, prenant l'écrin, il le remit au père Giovanni en lui faisant signe de le cacher sous son froc. Cette précaution venoit d'autant plus à-propos, que celui qui frappoit à la porte étoit Ralph Hanslap.

CHAPITRE VIII.

LE MARCHÉ.

« Un Juif n'a-t-il pas des yeux? N'a-t-il
pas des mains, des organes, des sens,
des affections, des passions? Ne se
nourrit-il pas des mêmes alimens; n'est-
il pas blessé par les mêmes armes, sujet aux mêmes maladies, guéri par les
mêmes moyens, échauffé par le même
été, et refroidi par le même hiver qu'un
chrétien? »

Le Marchand de Venise.

LE LIVRE DE BEAUTÉ est rempli d'observations et de leçons morales. En cet endroit
de sa relation, l'auteur l'interrompt un
moment pour faire quelques réflexions
tendant à prouver combien le père Gio-

vanni étoit peu propre à remplir la mission
qui lui avoit été confiée, et il remarque
qu'on ne voit jamais que des hommes vraiment grands, ou des êtres singuliers, refuser une mission parce qu'ils sentent qu'ils
en sont incapables.

Cet aphorisme peut être vrai, nous le
croyons même. Mais la règle qu'il établit
ensuite pour juger du caractère des
hommes, et décider s'ils sont en état de
bien s'acquitter d'une mission, est peut-
être plus curieuse que bien fondée. On
peut prédire, dit-il, si un homme réussira
dans une affaire, en examinant s'il y semble
dans son élément, et s'il est au rang qui lui
convient. Si, en questionnant votre jugement, vous apercevez en lui quelque chose
qui vous autorise à prononcer qu'il est dans
une sphère plus basse ou plus élevée que
celle à laquelle il est appelé par ses manières, ses qualités et ses talens, vous pouvez dire, sans courir le risque de vous

tromper, si une bonne ou une mauvaise
planète a l'ascendant dans son horoscope. Il
ne faut pourtant pas appliquer cette règle
indistinctement; car la prospérité et l'adversité ne doivent pas toujours se mesurer
par le flux et le reflux de la fortune; il
convient plutôt d'en juger par le caractère
et les habitudes de l'individu. Il existe en
ce monde tant de ruisseaux artificiels,
creusés avec industrie, pour détourner le
cours naturel des richesses, qu'un homme
peut être intérieurement très-satisfait de
son sort, et cependant paroître à l'extérieur digne de pitié.

Après quelques autres réflexions du
même genre, l'auteur reprend son récit
en disant qu'aussitôt que le père Giovanni
reconnut la voix de Ralph Hanslap, qui
parloit à la porte, son émotion et son
alarme parurent si visibles, qu'Adonijah
s'en étant aperçu l'invita à passer derrière
le rideau, ce que le bon père ne manqua
pas de faire sur-le-champ.

A peine le rideau, qu'il avoit soulevé pour passer, étoit-il retombé, que Ralph entra dans la chambre. Adonijah paroissoit occupé à écrire avec attention sur une des rognures de parchemin qui étoient devant lui. Il ne faisoit pourtant qu'y tracer la date de l'année, et, tout Juif qu'il étoit, il paroît qu'il datoit de l'ère chrétienne, car voici comme il chiffroit : ⟨· | ⋮ | ⋮ | · ⟩.

—Sir Amias désire vous voir, Adonijah, dit Ralph.

Le Juif leva la tête et répondit : — Ah! Et comment se porte mon bon ami sir Amias? J'irai le voir bientôt, mais j'ai un calcul à terminer. Allez lui dire que je ne tarderai pas à me rendre chez lui.

—Il faut que vous y veniez sur-le-champ. J'ai reçu ordre de vous y conduire.

—Cela m'est impossible : vous voyez, je fais des calculs; je ne puis sortir en ce moment.

— J'attendrai que vous ayez fini, répondit Hanslap; et il s'assit sur le tabouret que la retraite du père Giovanni avoit laissé vacant.

— Mon bon ami dit Adonijah, après une courte pause, mon cher et bon ami, retournez chez sir Amias, et dites-lui que je ne puis sortir sans avoir vu mon frère Shébak que j'attends.

— Il est avec le baronnet; il a des bijoux à vendre, et sir Amias a besoin d'argent pour les acheter.

— Mais je n'ai point d'argent.

Pour ne pas rendre compte en détail d'une conversation assez peu intéressante en elle-même, nous expliquerons à nos lecteurs que Shébak, ayant appris par Josbekashah qu'il se trouvoit chez Adonijah quelqu'un qui désiroit vendre un écrin de bijoux, et sachant que sir Amias venoit de recueillir tout récemment la succession

de son frère, avoit pensé, d'autant plus
naturellement, que le baronnet, devenu
plus riche, voudroit augmenter le nombre
de ceux qu'il possédoit déjà, qu'il étoit
connu pour être amateur de joyaux : car
il se trouvoit dès lors des gens qui tiroient
vanité de ces brillantes babioles.

Mais sir Amias, de même que la plupart de ceux qui ont du goût pour les
choses rares et précieuses, avoit rarement
de l'argent comptant ; et, en conséquence,
avant de donner une réponse à Shébak,
il désiroit savoir si Adonijah voudroit lui
faire un prêt. Adonijah, de son côté,
avoit ses raisons pour ne pas se soucier de
prêter de l'argent à sir Amias pour un
pareil objet, en ce moment. Peut-être
connoissoit-il assez bien son frère pour
soupçonner que les joyaux qu'il proposoit
au baronnet d'acheter étoient précisément
ceux que le moine désiroit vendre, et c'é-
toit la vérité. Les deux frères entendoient

parfaitement leur trafic respectif. Shébak, avant de faire l'acquisition des bijoux, désiroit trouver un amateur à qui il pût les revendre sur-le-champ; et Adonijah pensoit que sir Amias, quelque envie qu'il pût avoir de les acquérir, n'étoit pas celui à qui il convenoit de les offrir, au moins avant d'en avoir changé la monture.

En conséquence il prit un ton si décidé dans son refus d'accompagner le confident du baronnet et dans ses protestations de pauvreté, que Ralph, après avoir vainement insisté, prit enfin le parti de se retirer, après quoi le père Giovanni sortit de derrière le rideau.

— Tout le monde s'imagine que je fais de l'argent, lui dit Adonijah, qui savoit qu'il avoit entendu tout ce qui s'étoit passé entre lui et Hanslap; et il ajouta ensuite:

—Mais comment se fait-il, mon bon ami, que cette dame ne vende pas ses bijoux à sir Amias? il lui en donneroit plus d'ar-

gent qu'aucun joaillier ou lapidaire , parce
qu'il croit que les pierres sont véritables ,
et que d'ailleurs ce sont des joyaux de
famille.

— La vérité est qu'elle désire se
procurer cet argent à l'insu de sir Amias ,
qui depuis quelque temps la traite de la
manière la plus cruelle.

— Que voulez-vous dire ? Cela est impossible ! Mais non, sir Amias est doux ,
lisse et poli comme le verre ; toujours
le même. Ces gens-là commettent une
cruauté aussi tranquillement que d'autres
rendent un service.

Il prononça ces mots d'un ton de douceur plus qu'ordinaire, et qui alloit presque jusqu'à l'émotion. Après quelques
instans qu'il parut employer à réfléchir,
il frappa des mains tout à coup, et sa
femme, soulevant le rideau sur-le-champ,
lui demanda ce qu'il vouloit.

— Lia , lui dit-il , apportez des verres

et un flacon. Cet honnête homme est
étranger; il faut qu'il boive de mon vin.

Le père Giovanni ouvroit la bouche
pour le remercier de cet acte d'hospitalité, et lui dire qu'il n'avoit besoin de
rien; mais Adonijah lui fit signe de se
taire, et tous deux restèrent en silence
jusqu'à ce que Lia eût placé sur la table
un flacon couvert en osier, et deux petits
verres en bois d'érable.

— J'ai vu la dame qui veut vendre ces
joyaux, dit Adonijah en remplissant les
deux verres, je l'ai trouvée tout aimable;
et je me suis dit: Dieu a pris bien de la
peine pour faire une créature si parfaite.
Mais, en la voyant si jeune, si semblable
au lis, dont la tige est si fragile, mon
cœur s'est attristé; car les mains du
monde sont aussi dures que celles du serviteur qui travaille toute la journée dans
la vigne du maître; et, s'il lui en fait

sentir la rudesse, elle ne pourra y résister.
Je suis bien fâché qu'elle en ait déjà éprouvé
la cruauté.

Le bon père, enchanté d'entendre le
Juif s'exprimer avec tant de bienveillance
et de sensibilité, commença l'énumération
des vertus et des qualités qui ajoutoient aux
grâces et aux charmes de lady Albertina, et dit que son âme étoit digne de
l'enveloppe qui la couvroit. Dans le cours
de la conversation, Adonijah réussit sans
beaucoup de peine à tirer de lui les principaux faits de l'histoire de la malheureuse
veuve; et, revenant ensuite aux bijoux dont
il continua à déprécier la valeur, il dit enfin
qu'il lui en donneroit le peu d'argent qu'il
avoit chez lui. Ce qu'il lui donna n'étoit
pas la dixième partie du prix des bijoux,
mais, d'après la manière dont Adonijah
en avoit parlé, la somme étoit tellement
au-dessus de ce que le père Giovanni espéroit, qu'il accepta l'offre avec autant d'em-
pressement que de plaisir.

CHAPITRE IX.

LE TRÉSOR.

« Ecoutez bien , et vous verrez
Quelle leçon à la jeunesse
Donne sa prudente vieillesse.
Attention ! vous en profiterez. »

Manuscrit de la bibliothèque de Harley.

QUAND le moine se fut retiré avec l'argent qu'il venoit de recevoir, Adonijah prit l'écrin et passa derrière le rideau où sa femme Lia étoit assise ; ouvrant alors une vieille armoire, il toucha un ressort caché dans l'intérieur , et le fond s'écartant en roulant sur des coulisses avec les porte-manteaux et les vieux habits qui y étoient

suspendus, il entra dans un bel appartement, somptueusement meublé, dont les
fenêtres étoient vitrées en verres de couleur, formant des dessins en mosaïque,
pour, empêcher qu'on ne pût voir du de-
hors ce qui se passoit dans l'intérieur. Les
Juifs, alors persécutés, étoient obligés
dans ce temps de se pratiquer de semblables retraites ignorées pour pouvoir jouir
de leurs richesses; dans le nôtre MM. Rots-
child donnent des fêtes aux ministres d'état,
aux ambassadeurs, aux princes, et leur
offrent des banquets servis en vaisselle d'or.

Le plancher de cette chambre étoit couvert d'un superbe tapis du Levant. Nous
laissons aux antiquaires le soin de décider
si c'étoit ce qu'on appelle aujourd'hui tapis
de Perse ou de Turquie; nous n'en parlons
que pour prouver que le luxe du Juif ne
se contentoit pas des objets que pouvoit
fournir le pays qu'il habitoit; il est vrai
que ses relations commerciales s'étendoient

jusqu'à Constantinople, qui étoit encore en la possession des empereurs Grecs.

Adonijah leva un coin du tapis, et pressant avec le pied un ressort très-artistement caché, une trappe s'ouvrit, et il descendit dans une petite pièce voûtée, entourée de tablettes sur lesquelles étoient rangés un grand nombre d'objets précieux : ce n'étoit pourtant que l'antichambre du trésor du Juif; une autre porte secrète, qui s'ouvroit de la même manière, conduisoit dans une autre chambre où de grands coffres-forts en fer contenoient des sommes immenses en or et en argent; et une armoire, aussi en fer, renfermoit une quantité considérable de pierres précieuses, et les titres en parchemin des différens prêts qu'il avoit faits à des particuliers.

Après y avoir déposé l'écrin de bijoux qu'il venoit d'acheter, Adonijah retourna dans la première division de la chambre du rez-de-chaussée, ayant soin de bien

fermer chaque porte à mesure qu'il y passoit, et il y trouva Shébak assis avec sa
femme et son fils.

— J'ai acheté les joyaux, lui dit-il,
mais ils ne sont pas de la première beauté.
Le pauvre homme désiroit tant toucher
de l'argent pour la dame qui vouloit les
vendre par besoin urgent, que je n'ai pu
me résoudre à le laisser partir les mains
vides.

— Oui, répliqua Shébak, squelette couvert d'une peau jaune comme du safran,
ayant des yeux d'aigle et le nez en bec de
faucon ; voilà comme vous êtes toujours !
faisant la charité au premier venu, même
à un chrétien ; ce n'est pas le moyen de
s'enrichir. Les chrétiens vous la feront-ils,
quand tout votre argent sera parti ?

Adonijah frappa du pied avec un air
d'impatience, et s'écria avec colère :

— Paix ! est-ce à moi que tu parles d'un
ton de maître ? ne t'ai-je pas ramassé

comme avec des pincettes du milieu de
l'ordure où tu vivois? ne t'ai-je pas net-
toyé comme avec la myrrhe et l'hysope?
ne t'ai-je pas appris à gagner de l'argent,
à marcher au lieu de ramper comme un
reptile? et est-ce moi qui dois recevoir des
réprimandes de toi? Mais pourquoi me
courroucer ainsi de ce que je ne devrois
que mépriser?

Shébak parut interdit et garda le silence
quelques instans, comme s'il n'eût su que
répondre.

— Tout comme il vous plaira, dit-il enfin, l'argent étoit à vous, et vous pouviez
en faire ce que bon vous sembloit. Comme
c'est vous qui avez acheté, c'est à vous
qu'appartiendra le profit quand vous aurez
vendu. Mais je vous ai trouvé un acqué-
reur, si vous voulez lui prêter de l'argent,
Sir Amias de Crosby. Il vient de faire une
riche succession.

— Je ne lui prêterai pas d'argent, ré-

pondit Adonijah d'un ton grave, et il n'a
recueilli aucune succession. Sir Amias est
un homme qui ne connoît que la fraude,
mais je lui ferai connoître la justice et ses
châtimens, car il se moque de moi, avec
ses réponses polies, quand je lui demande
ce qu'il me doit déjà.

Il fit part alors à Shébak de tous les
renseignemens qu'il avoit tirés du père Giovanni, et les expliqua en y ajoutant ce que
sa sagacité naturelle lui avoit fait deviner,
c'est-à-dire que sir Amias, comptant sur
la difficulté que trouveroit la dame italienne à prouver son mariage avec lord
Edmond, vouloit la priver elle et son fils
de leurs droits légitimes.

— Maintenant, frère Shébak, continua-
t-il, ne voyez-vous pas comment tout cela
peut se changer en argent? Cette pauvre
dame n'a pas d'amis. Sir Amias veut la
priver de ses droits, mais c'est moi qui veux
lui servir d'ami.

Shébak, ne voyant pas très-clairement comment on pouvoit gagner de l'argent en se rendant protecteur d'une veuve qui n'avoit pas une obole, attendoit que son frère lui expliquât ce nouveau procédé d'alchymie : mais Adonijah se mit à lui parler de diverses affaires dans lesquelles ils avoient des intérêts communs; et, quand cette digression fut terminée, ce fut Shébak qui revint au premier sujet de l'entretien.

— Et les bijoux que vous avez achetés, dit-il, ne valent-ils réellement que l'argent que vous en avez donné?

— Ils valent davantage, répondit Adonijah, mais vous en jugerez quand vous les aurez vus.

Il se leva, passa sous le rideau, descendit, non dans son trésor, mais seulement dans la pièce qui en étoit l'antichambre, et en rapporta un écrin de pierres précieuses dont la valeur étoit fort inférieure à celle des bijoux qu'il avoit achetés du père Gio-

vanni. Il les montra à Shébak, et lui dit
quel prix il en avoit donné.

Shébak les examina avec attention.

— C'est fort cher, dit-il, mais vous ne
pouvez pas y perdre. Je vais les porter
à sir Amias.

— J'y consens, Shébak, répondit Adonijah; mais songez bien que je ne lui prêterai pas d'argent ; car, si ce que j'ai appris
est vrai, sir Amias est un voleur et un mendi-
ant. Jamais il ne sera en état de me payer
ce qu'il me doit déjà, et je perdrai tout si je
n'agis avec prudence. Portez-lui cet écrin,
et qu'il tâche d'emprunter de Bunni, d'Az-
zad, de Bigvay, d'Anathoth, ou de qui-
conque voudra lui prêter ; et quand il aura
ces bijoux, nous verrons à nous faire payer.

Shébak, comme le prouvoit le mépris
avec lequel son frère le traitoit évidemment,
étoit un de ces esprits bornés auxquels la
Providence donne quelquefois la portion
d'adresse nécessaire pour exécuter les pro-

jets conçus par des génies plus vastes. Il ne
concevoit pas trop quels pouvoient être les
desseins d'Adonijah à l'égard de sir Amias ;
mais, comme en beaucoup d'autres occasions il avoit reconnu que de grands avan-
tages avoient été le résultat de la conduite
mystérieuse de son frère, il prit l'écrin sans
lui faire d'autres questions, et le porta à
Crosby-House, où, après une assez courte
négociation, sir Amias consentit à acheter
les bijoux au prix qui lui en fut demandé.
Shébak se chargea de lui trouver l'argent
dont le baronnet avoit besoin pour le payer,
l'assurant que son frère étoit appauvri et
hors d'état de lui en prêter.

Il ne perdit pas un instant, trouva la
somme nécessaire à sir Amias chez un des
Juifs qu'Adonijah lui avoit nommés, revint
chez le baronnet, lui fit signer l'obligation,
lui remit les bijoux, reçut son argent, et
retourna chez son frère l'informer du résultat de toutes ses démarches.

— Fort bien! répondit Adonijah, vous avez bien travaillé, Shébak ; maintenant, je servirai d'ami à l'aimable dame, et vous verrez comme il est agréable de faire de l'argent par des voies douces et amiables ; car je crois qu'il n'est pas sage à nous et à nos frères de tenir toujours ouverte la plaie au cœur, qui a été l'héritage des en-fans d'Israël depuis que nos pères ont été en servitude dans la terre d'Egypte. Je vous parle ainsi, frère Shébak, en présence de mon fils Josbekashah et de Lia, ma femme, afin que vous sachiez tous que je ne suis ni le balancier du monnoyeur, qui n'est bon qu'à frapper l'or et l'argent, ni le creuset de Raymond Lulle, qui n'est que l'ovaire des substances qu'il change en or.

— Quoi qu'il vous plaise de faire et de dire, frère Adonijah, dit Shébak, je ne vous ferai aucune observation ; car vous avez la main heureuse, et la fortune a merveilleusement favorisé toutes vos en-treprises.

Adonijah le suivit des yeux avec un air de mépris, tandis qu'il se retiroit, et se tournant ensuite vers son fils, il lui dit ·

— N'écoute jamais ses conseils, Josbekashah. Il a été formé du rebut de l'écume dont Dieu a créé les hommes serviles. Immonde créature! me parler de la fortune comme si c'étoit un alliage du mérite! La fortune ne dépend-elle pas du caractère de l'homme? Ne lui appartient-elle pas aussi bien que la beauté du visage et le son d'une voix mélodieuse? Josbekashah, le nombre de tes années augmente, fais bien attention; mais c'est un don qui dépend aussi du ciel, fais bien attention, dis-je, de choisir tes amis et tes compagnons parmi ceux à qui le ciel a donné en partage cet heureux esprit que les hommes appellent bonne fortune. C'est une grâce qui descend de Dieu aussi immédiatement que la fraîcheur des joues et la vivacité de l'œil.

5*

~~~~~~

CHAPITRE X.

BEAUCOUP D'AFFAIRES.

« Du marchand la femme étoit bonne ;
Elle l'aimoit sincèrement.
Quoi qu'il pût dire, la Matrone
Ne disoit jamais autrement. »

Comme quoi un marchand trompa sa femme.

PENDANT ce temps le père Giovanni
étoit allé retrouver lady Albertina, avec
l'argent qu'il avoit reçu d'Adonijah. Elle le
chargea de chercher un bâtiment sur lequel ils pussent passer en France ; mais,
comme le jour avançoit, et qu'il étoit nécessaire qu'il rentrât au prieuré de Saint-
Barthélemy à Smithfield, où il résidoit,

pour l'heure des vêpres, il fut convenu
qu'il ne retourneroit ce soir à Crosby-
House que dans le cas où il trouveroit
un vaisseau prêt à mettre à la voile.

On étoit habitué à Crosby-House à voir
le moine venir souvent chez lady Albertina, et il n'avoit aucune raison pour en faire
un mystère. Cependant deux visites en un
seul jour parurent un peu extraordinaires,
et sir Amias en ayant été informé par
hasard, il craignit qu'on ne voulût recou-
rir à quelques manœuvres pour déjouer les
siennes, car celui qui craint le soupçon est
toujours prêt à soupçonner. En conséquence
il fit venir Ralph Hanslap, et lui ayant parlé
des inquiétudes qui l'agitoient, il lui or-
donna de surveiller le père Giovanni, de le
suivre à la piste et de ne pas le perdre de
vue.

Hanslap n'auroit pu recevoir un ordre
qui lui convînt mieux, car son plus grand
plaisir étoit d'user de stratagème pour

pénétrer les secrets des autres , et découvrir les motifs qui les faisoient agir ; il
jouissoit de plus de satisfaction en s'ac-
quittant de fonctions qui exigeoient de
l'astuce et de la duplicité , qu'en remplissant une mission qui ne demandât ni dextérité ni mystère. Dès que le moine sortit
de la maison, il fut sur ses talons , et il le
suivit jusque sur le bord de la Tamise ,
dans un endroit où étoient ordinairement
à l'ancre les bâtimens qui faisoient le commerce avec la France et les Pays-Bas ; il
n'entroit pas dans les projets de l'espion de
porter la vigilance au point de risquer de se
faire reconnoître ; il s'arrêta donc a quelque
distance , quand il vit que le père Giovanni
cherchoit un bâtiment, et , se contentant
de le suivre des yeux , il le vit s'adresser
au capitaine d'un bâtiment d'Anvers , qui
prenoit une cargaison de laines et d'autres
marchandises pour Dieppe en Normandie.

Lorsqu'ils eurent causé quelque temps
ensemble, le moine tira de sa poche une

petite pièce d'argent sur laquelle il cracha, et qu'il remit ensuite au capitaine. Ralph Hanslap en tira la conséquence qu'ils venoient de conclure un marché, dont la remise de la pièce de monnaie et la cérémonie qui l'avoit accompagnée étoient les arrhes et la ratification.

L'affaire étant terminée, le père Giovanni se retira, et Ralph, au lieu de le suivre, s'avança vers le capitaine, lui demanda où il alloit, et quand il comptoit partir ; et, ayant reçu une réponse à ces deux questions, il lui dit qu'il avoit lui-même besoin de se rendre en Normandie, et lui demanda s'il vouloit prendre des passagers.

— J'en ai déjà autant que j'en puis prendre, répondit le capitaine.

— Vous en avez donc un bien grand nombre ?

— Non, mais un moine, qui me quitte à l'instant, a retenu toute la cabane.

— Quoi ! Pour lui seul ! Qu'a-t-il besoin de toute la cabane ?

— Oh ! il n'est pas seul ! Il a avec lui une dame, une servante et un enfant ; ils ne veulent pas d'étrangers avec eux, et ils me paient en conséquence pour être seuls sur mon bord.

Ralph Hanslap n'en demanda pas davantage ; il rôda quelques instans dans les environs, comme s'il eût cherché un autre bâtiment, et retournant ensuite à Crosby House, il informa son maître de ce qu'il venoit d'apprendre.

—Il n'y a nul doute, dit sir Amias, que lady Albertina n'ait le dessein de quitter le royaume, mais dois-je la laisser partir ? dois-je la laisser emmener son fils ?

— Laissez - la partir, dit Ralph après un moment de réflexion, mais qu'elle parte seule ; car, si elle emmène son fils, il est à craindre qu'il ne revienne un jour.

— J'aimerois mieux qu'on pût la déterminer à rester ici. Une fois au milieu de ses amis, elle peut forger des preuves de mariage avec lord Edmond.

— Oh ! si elle arrive à Florence, elle n'en manquera pas.

— Sir Amias ne répondit rien à cette remarque, mais il pâlit, se détourna, et alla à l'autre extrémité de la chambre.

L'écrin qu'il avoit acheté de Shébak, quelques heures auparavant, étoit encore placé sur une table. Hanslap l'aperçut, et cette vue lui rappelant la conversation qui avoit eu lieu entre son maître et lui relativement aux bijoux de lady Albertina, il lui dit :

— Mais comment s'est-elle procuré de l'argent pour ce voyage ?

Cette remarque frappa sir Amias ; il se frotta le front, marcha à grands pas dans la chambre, et donna tous les signes d'une grande perplexité.

— Je soupçonne son confesseur de lui en avoir trouvé, dit Hanslap.

— Mais comment, vous dis-je? comment? On ne trouve pas d'argent sans donner des sûretés. Elle n'en a aucune à offrir.

— Et ses bijoux?

— C'est ce que je saurai bientôt.

A ces mots, sir Amias s'approcha de la table, prit l'écrin qu'il avoit acheté de Shébak, et, ayant dit à Ralph de l'attendre, il se rendit dans un salon où lady de Crosby passoit ordinairement la soirée.

— Je vous apporte, lui dit-il, un présent que je veux vous faire; des pierres précieuses; elles sont belles, et je crois qu'on en trouveroit difficilement de semblables. Voyez.

Il ouvrit l'écrin; mais lady de Crosby n'étoit pas disposée à s'occuper de pareilles choses; la situation de lady Albertina l'af-

fligeoit véritablement', et elle nourrissoit
un pénible soupçon que sir Amias n'agissoit pas honorablement envers une étrangère sans défense. Cependant le ton de
gaieté de sir Amias la tira peu à peu de sa
rêverie mélancolique, et elle se décida
enfin à jeter un coup d'œil sur l'écrin.

— Qu'en pensez-vous? Ne trouvez-vous
pas ces bijoux plus beaux que ceux de lady
Albertina.

— Ils sont fort beaux, mais les pierres
n'en sont pas aussi grosses, et je ne les
crois pas d'une aussi grande valeur.

— Ne rabaissez pas ainsi mon présent.
Si je n'avois pas cru ces bijoux plus beaux
que ceux de lady Albertina, je ne vous les
aurois pas achetés. Je ne puis me persuader
qu'ils ne soient pas aussi beaux, et je suis
sûr qu'en les comparant ensemble, vous
serez de mon avis. Je serois vraiment mor-
tifié s'ils n'étoient pas plus beaux. Passez
dans l'appartement de lady Albertina, et

I. 6

empruntez-lui son écrin, afin que nous puissions les comparer.

— Je ne puis le faire ce soir; ce seroit montrer trop peu d'égards pour ses chagrins.

— Mais l'affaire est importante, et vous pouvez lui dire que je suis en marché pour acheter ces bijoux, et que je désire les comparer aux siens pour m'assurer de leur valeur.

— Je croyois que vous m'aviez dit que vous les aviez déjà achetés.

— Je suis convenu du prix; mais, s'ils sont inférieurs à ceux de lady Albertina, je ne les prendrai pas. Je vous prie donc de me faire le plaisir de lui emprunter son écrin pour quelques instans.

Lady de Crosby fit de nouveaux efforts pour se dispenser d'une tâche qui lui étoit pénible, mais son mari lui fit tant d'instances qu'elle fut obligée de céder.

« La ruse, dit l'auteur qui nous sert de

guide, est la main droite de la femme et du
foible. » Lady Albertina, malgré toute son
estime pour la bonne et aimable lady de
Crosby, avoit pris la résolution, depuis
qu'elle avoit formé le projet de retourner
en Italie, de ne plus lui accorder la confiance qui avoit régné jusqu'alors entre
elles, comme entre deux sœurs, parce
qu'il lui étoit impossible de le faire sans
laisser paroître son ressentiment contre
sir Amias, auquel elle savoit que son amie
étoit attachée comme une femme doit l'être
à son mari. Cependant elle ne s'attendoit
pas à remarquer en lady de Crosby un
changement semblable; et, quand elle la
vit entrer avec un air d'embarras, occasioné par la nature de la mission dont
elle avoit à s'acquitter dans un moment
qui lui paroissoit si mal choisi, elle se livra
à la crainte et au soupçon, et attribua à
une mauvaise conscience ce qui n'étoit que
l'effet de la délicatesse. Au lieu de répondre
à sa demande, elle la regarda un instant

d'un air de reproche, et fondit ensuite en
larmes.

Lady de Crosby ne montra pas moins
d'émotion; elle chercha à s'excuser d'être
venue lui faire une pareille demande dans
un semblable moment, et l'assura avec un
air de compassion et de sincérité qui portoit le caractère de la vérité, que les instances réitérées de son mari avoient pu
seules l'y déterminer.

— Je le sais fort bien, répondit lady
Albertina; je suis certaine que votre cœur
ne vous auroit jamais rendue complice
d'une telle cruauté. Faisant un effort sur
elle-même, elle s'essuya les yeux, et passa
dans un cabinet où elle plaçoit ordinairement son écrin. — Je ne le trouve pas,
dit-elle; je crois vraiment que ma tête se
dérange depuis quelque temps. Revenez demain; j'espère que je serai plus calme.

Trop délicate pour insister sur une demande qu'elle sentoit être aussi déplacée

que peu généreuse, lady de Crosby consentit bien volontiers à remettre l'affaire
au lendemain, et, retournant dans l'appartement où elle avoit laissé sir Amias, elle
le pria d'oublier, pour quelque temps, la
comparaison qu'il vouloit faire.

~~~~~~

CHAPITRE XI.

DEUX COQUINS.

« Vous, maître Lightfoot, appelez maître Suckbottle
un coquin; vous, maître Suckbottle, donnez le
même nom à maître Lightfoot; et moi, je vous
appellerai deux coquins, parce que vous n'agissez
honnêtement ni l'un ni l'autre. »

Ancien Recueil de facéties.

L'AUTEUR que nous suivons, après avoir
décrit l'impression que fit sur sir Amias
le rapport que lui fit son épouse du peu
de succès de sa négociation, tombe dans
une veine de morale, et entame une longue
dissertation sur la différence qui existe
entre la coquinerie et le crime. Nous ne
consulterions probablement pas le goût de

nos lecteurs et encore moins celui de nos
jeunes et belles lectrices, si nous la rap-
portions en entier, quoiqu'elle soit fort
curieuse ; mais nous ne rendrions pas justice à un écrivain évidemment doué d'un
esprit singulier d'observation, si nous la
passions tout-à-fait sous silence.

« Les crimes, dit-il, naissent d'une passion désordonnée et de nos affections ani-
males ; mais la coquinerie est un vice in-
tellectuel dont la source est dans l'ambition
et l'amour-propre. Le voluptueux, qui ne
cherche que le plaisir, et qui, pour l'at-
teindre, renverse, sans s'inquiéter des conséquences, toutes les digues que la religion
et la morale ont élevées pour la protection
des droits sociaux, est un criminel ; mais
le vrai coquin respecte ces digues, parce
qu'il n'oublie jamais les conséquences de
leur rupture. De là il arrive que, quoiqu'on
trouve bien souvent réunies dans le même
individu les qualités particulières qui con-

stituent le crime et la coquinerie, il n'est
pourtant pas rare de trouver des gens qui,
sachant conserver quelque empire sur leurs
passions, conservent aux yeux du monde
une apparence merveilleuse de vertu,
quoique leurs intrigues secrètes et leurs
manœuvres compliquées ne leur donnent
aucun droit à une réputation d'honnêteté.
En un mot, le crime veut parvenir à son
but par la force, la coquinerie par l'astuce; car le coquin le devient souvent par
une conviction secrète qu'il est plus adroit
que le reste des hommes, quoiqu'il se
trouve tôt ou tard détrompé, en se voyant
l'objet du mépris du monde, s'il évite un
châtiment plus sévère. »

Après cette dissertation, l'auteur nous
apprend, comme nos lecteurs l'ont sans
doute déjà appris en partie, que sir Amias,
étant un coquin, fut très-déconcerté en
découvrant que, malgré l'urbanité et la délicatesse apparente dont il avoit coloré sa

conduite envers lady Albertina, elle avoit
pénétré la profondeur de son astuce, et
avoit déjà fait des préparatifs assez avancés
pour déjouer ses desseins; car il se connoissoit trop bien en stratagèmes pour être
dupe de l'excuse qu'elle avoit alléguée
pour se dispenser de remettre son écrin,
et il ne la regardoit que comme une éva-
sion. Certainement il n'étoit nullement
vraisemblable qu'elle ne sût où trouver un
objet si précieux. Cependant il ne commu-
niqua pas ses pensées à lady de Crosby, et
il alla rejoindre son confident.

— Il faut qu'elle ait vendu ses bijoux,
s'écria-t-il en entrant; et elle sera bientôt
hors de notre portée.

— Il me semble que vous pouvez la laisser partir, mais il ne faut pas qu'elle emmène son fils. Qu'importe qu'elle ait des
preuves de son mariage? ce n'est pas elle,
c'est son fils que vous devez craindre. Il
faut qu'il ne sache jamais qui il est.

— Mais consentira-t-elle à partir sans lui ?

— Il le faudra bien, si elle veut partir.

— Et comment cela ?

— Ne m'avez-vous pas déjà parlé de voler ses bijoux !

Les joues du baronnet devinrent écarlates, en s'entendant adresser familièrement un mot si ignominieux, plutôt que par honte d'y avoir donné lieu lui-même. Ralph n'eut pas l'air de s'en apercevoir, et continua :

— Il n'est pas plus difficile de voler un enfant qu'un écrin, et j'ai déjà formé un plan à ce sujet.

— En vérité ! s'écria vivement sir Amias.

— En vérité, et le voici : — Il y a en ce moment à Londres un homme de ma connoissance qui demeure à Rochester. Il est tailleur de profession, et il est ici avec sa femme. Ce sont de bonnes gens, ayant un excellent cœur ; et ils traiteront l'enfant comme s'il étoit le leur.

— Sans cela, je ne consentirois pas à ce projet, dit sir Amias, jetant une sorte de gâteau à sa conscience de Cerbère, dont les murmures commençoient à l'avertir qu'il approchoit de la porte des enfers.

— Eh bien, reprit Hanslap, ne puis-je leur porter l'enfant, et les payer pour l'élever comme le fils orphelin d'Hubert Néville, qui a été tué avec lord Edmond, son maître, dans la guerre d'Ecosse? Vous voyez qu'il n'y a rien de plus simple que ce projet.

Sir Amias en convint, mais il montra quelque inquiétude sur la manière de le mettre à exécution.

— Mais comment s'emparer de l'enfant? dit-il; il est impossible de l'emmener hors de cette maison sans m'exposer aux soupçons, aux cris et aux accusations de la mère.

— Le bâtiment dont le moine a retenu la cabane, répondit Hanslap, ne doit mettre à la voile qu'après-demain. D'ici à ce temps je trouverai quelque occasion favorable.

Après avoir discuté ce plan quelque temps, il fut convenu que Ralph se rendroit sur-le-champ chez Pierce Pigot, pour l'engager ainsi que sa femme à se charger de l'enfant, moyennant une somme convenable, qui leur seroit payée comptant. En conséquence Hanslap quitta son maître, et sortit de la maison.

La nuit étoit arrivée, mais les forges des maréchaux et des armuriers, qui étoient alors beaucoup plus nombreux que de nos jours, jetoient çà et là des rayons d'une forte lumière qui éclairoit tellement ceux qui passoient dans ce foyer, quoique ce ne fût que pour un instant, qu'il étoit impossible de ne pas les reconnoître, même à une certaine distance. Il arriva ainsi que Ralph, en sortant de Crosby-House, découvrit Adonijah qui s'en approchoit. Il en fut d'autant plus surpris que les Juifs à cette époque sortoient rarement la nuit, de crainte d'être exposés à quelques insultes, circonstance qui étoit assez fréquente. Il pensa qu'en conséquence du message qu'il lui avoit porté le même jour, Adonijah venoit informer son maître qu'il avoit trouvé l'argent qu'il lui avoit fait demander. Mais, s'étant caché dans l'ombre, près de la maison, sa surprise augmenta encore, en entendant Adonijah demander à voir lady Albertina.

— C'est sans doute à lui, pensa Ralph, qu'elle a vendu ses bijoux, et il vient probablement lui en apporter le prix.

Il songea un instant que le meilleur moyen de servir les intérêts de son maître seroit peut-être de voler cet argent ; mais la réflexion que cette tentative pouvoit l'exposer lui-même à quelque danger lui fit rejeter cette idée sur-le-champ. Croyant remarquer qu'Adonijah l'avoit aperçu, il s'avança vers lui, le salua civilement, appela le portier, et, l'ayant vu entrer, se rendit chez Pierce Pigot.

~~~~~~

CHAPITRE XII.

UN HOMME.

« Oui , l'argent peut beaucoup, la beauté davantage. »
MASSINGER.

LORSQUE lady Albertina fut informée
que le Juif Adonijah, qu'elle connoissoit à
peine de nom, demandoit à lui parler, elle fut
surprise, tant de la singularité de cette visite., que de l'heure extraordinaire à laquelle il la faisoit. Étant alors occupée de
quelques soins qu'exigeoit son enfant, elle
pensa d'abord à faire dire à Adonijah de
revenir le lendemain matin : mais sa curiosité fut excitée en entendant une de ses

femmes demander à une autre quelle affaire pouvoit donc amener le Juif à une pareille heure. Quittant la chambre où elle étoit, elle passa dans l'antichambre, et donna ordre qu'on le fît entrer.

Adonijah entra à pas lents, de l'air le plus humble, le dos courbé, les yeux baissés, et saluant à chaque pas.

Lady Albertina, qui ne l'avoit jamais vu, ne fut prévenue en sa faveur ni par sa physionomie ni par l'air servile et rampant avec lequel il s'approcha d'elle.

— Que me voulez-vous? lui demanda-t-elle, quand il fut à deux ou trois pas de l'endroit où elle étoit de bout.

— Je voudrois vous dire deux mots en particulier, répondit le Juif en jetant un coup d'œil sur la porte qui conduisoit dans la chambre d'où elle sortoit, et qui étoit restée ouverte.

Lady Albertina ferma la porte elle-même, s'assit, et le pria d'en faire autant.

Mais, au lieu de profiter de cette permission, Adonijah appuya une main sur sa
poitrine, la salua de nouveau de l'air le
plus humble, comme pour la remercier de
sa politesse, et, jetant les yeux de tous côtés pour bien s'assurer qu'il n'y avoit personne dans l'appartement, il tira de dessous son manteau l'écrin qu'il avoit acheté
du père Giovanni.

— Madame, lui dit-il alors à voix basse,
un honnête homme, un moine, m'a vendu ce matin ces bijoux en me disant qu'ils
vous appartenoient. Est-ce la vérité?

Lady Albertina reconnut son écrin du
premier coup d'œil, et elle fut déconcer-
tée, tant parce qu'elle ne pouvoit concevoir pourquoi on le lui rapportoit, que
parce que le Juif la considéroit avec une
attention marquée en tenant l'écrin de
la main gauche et en en caressant le couvercle de la droite.

— Oui, ces bijoux étoient à moi, répondit-elle ; j'avois chargé cet homme respectable de les vendre, et il m'a remis l'argent qu'il en a reçu.

— Mais je lui en ai donné trop d'argent, dit Adonijah ; les pierres ont des défauts, de grands défauts ; elles ne valent pas mieux que les cailloux qu'on trouve sur le bord de la mer, elles ne valent rien.

Lady Albertina conclut naturellement de ce discours que le Juif se repentoit de son marché, qu'il venoit pour le rompre et reprendre son argent, et cette idée la contraria vivement.

— Je suis fâchée que vous les trouviez de si peu de valeur, mais j'ai un besoin indispensable de cet argent, et il m'est impossible de vous le rendre.

— Je ne veux pas de ces bijoux ; il faut que vous les repreniez, et vous me ferez une reconnoissance de l'argent.

6*

Lady Albertina le regarda quelques instans sans lui répondre, car elle crut qu'elle ne l'avoit pas bien compris.

— Je vous dis, Madame, qu'il faut que vous repreniez vos bijoux ; vous les garderez ou vous les vendrez à un autre ; quant à moi, je n'en veux pas ; je veux votre reconnoissance pour mon argent. Et en même temps il lui offrit l'écrin.

— Mais, répondit Albertina en recevant l'écrin et en le regardant en face, je n'ai aucune garantie à vous donner.

— Peut-être sir Amias consentira-t-il à en donner pour vous, dit le Juif, c'est un si honnête homme ; tout le monde dit du bien de sir Amias de Crosby ; il n'y a pas dans toute l'Angleterre un seul chrétien qui ait la parole si douce ; sûrement il ne refusera pas ce léger service à une si bonne dame.

Lady Albertina soupira ; elle baissa les

yeux un instant, et les levant de nouveau sur le Juif, elle lui dit avec fermeté :

— Je ne veux pas le lui demander; mais je vous rendrai la moitié de votre argent; les bijoux valent bien le surplus de la somme, et vous pouvez les vendre.

— Je vous dis, répliqua Adonijah en se redressant et en parlant avec force, quoique toujours à voix basse, que je ne veux de vos bijoux pour aucun prix; je veux une reconnoissance pour mon argent.

La pauvre veuve garda le silence quelques instans, une larme s'échappa de ses paupières, et elle lui dit en l'essuyant :

— Je suis étrangère en ce pays ; je n'y ai point d'amis, et il m'est impossible de vous satisfaire sur ce point.

— Et ne suis-je pas votre ami, Milady, moi qui consens à prendre votre reconnoissance pour mon argent, et qui vous rends vos bijoux que vous pouvez vendre ou garder, comme vous le voudrez? Je me contenterai de votre reconnoissance pure et simple.

Il prononça ces mots d'un ton si doux et si conciliant, que lady Albertina fut plus surprise que jamais; elle le regarda fixement, et s'écria en se levant :

— Et comment se fait-il qu'un étranger veuille me rendre un tel service ?

— Parce qu'il y a quelque chose d'aimable en votre physionomie, Milady, et je donnerois bien de l'argent pour y ramener la gaieté.

L'accent d'affection paternelle avec lequel ces mots furent prononcés y ajoutoit un nouveau prix. Lady Albertina sourit de la simplicité de cette explication, et elle sentit que la générosité du Juif ne l'auroit guère moins surprise si elle l'avoit éprouvée de la part d'un chrétien.

— Le digne homme qui m'a apporté vos bijoux, continua Adonijah, m'a conté votre histoire presque sans en avoir l'intention ; il m'a dit que vous avez dessein d'emmener votre enfant loin du lieu où est situé le bel héritage qui lui appartient ; cela n'est pas prudent, Milady, restez avec lui dans ce pays ; ne suis-je pas votre ami ?

— Mais sir Amias est mon ennemi, l'ennemi de mon malheureux fils.

— Sir Amias est un homme puissant ; Adonijah n'est qu'un pauvre hère contre lequel tous les chiens aboient, et qu'ils mordent même sans humanité ni componction ; cependant, ma bonne dame, ne craignez rien, sir Amias doit de l'argent, et par conséquent il est esclave ; je passerai ses obligations à des chrétiens, car ces parchemins leur donnent des droits dont ni moi ni mes frères nous n'oserions user.

La veuve continua à le regarder quelque temps avec un œil de surprise et presque de méfiance. Enfin elle lui dit :

— Votre visite m'a étonnée, mais votre conduite encore davantage; je ne puis deviner les motifs qui vous portent à me rendre un service que je n'attendois de personne.

— J'y trouve mon plaisir, répondit Adonijah avec enjouement, mais avec l'apparence du plus profond respect; vous êtes belle et bien faite, et vous êtes comme la fille de Jérusalem, isolée sur une terre étrangère.

— Mais que suis-je pour vous? comment peut-il se faire que vous preniez tant d'intérêt à mes infortunes?

— Quand vous voyez la rose sortir du bouton, répondit le Juif, n'y trouvez-vous pas du plaisir? quand vous entendez le matin le chant des oiseaux, votre cœur n'est-il pas réjoui? quand vous voyez les rayons du soleil se réfléchir sur une eau pure, vos yeux ne sont-ils pas pas charmés? l'odeur des fleurs dans la soirée n'est-elle pas aussi agréable que la pensée d'Eden et les grenades des jardins de Salomon ? la vue des étoiles ne vous inspiret-elle pas des idées de saintcté plus brillantes encore que leur lumière ? et lorsque la lune se montre dans un silence solennel, votre âme n'est-elle pas remplie de délices inexprimables ? Mais ni la beauté de la rose, ni les chants du matin, ni le parfum du soir, ni la sainteté des astres, ni la solennité de la lune, ne me procurent une satisfaction égale à celle que j'éprouve quand ma main peut répandre le bonheur. Vous êtes surprise de m'entendre parler ainsi, ma bonne dame ; mais, quoique je sois un Juif, un Juif méprisé, presque un vieillard, il a plu au ciel de me donner un bon cœur, et il a placé dans ce cœur un œil que l'excellence enchante, soit qu'elle provienne d'un extérieur gracieux; soit qu'elle résulte de l'harmonie intérieure des bonnes qualités.

Malgré la chaleur de ces expressions

orientales, il y avoit tant de bienveillance paternelle dans le ton et les manières d'Adonijah, que lady Albertina commença à prendre confiance en lui, et elle se borna à lui répondre :

— Je ne crois pas que j'aie jamais eu l'occasion de vous prouver que j'avois quelques droits à vos égards.

— Mais je vous ai vue bien des fois, et j'ai senti la chaleur du soleil en voyant l'esprit de bonté qui anime votre physionomie. Tout l'argent de l'univers ne me procureroit pas un plaisir comparable à celui que j'éprouverois si je pouvois faire disparoître ce nuage d'adversité qui jette une ombre si noire et si froide sur un astre si brillant; je ne vis pas pour l'argent, ma bonne dame; je ne suis pas du nombre de ceux qui courbent le genou devant le veau d'or; je suis un homme sincère; je voudrois faire jouir la pauvreté; mais vous croyez que j'ai faim et

soif de gain ; hélas, Milady ! est-ce ma
faute si je suis né Juif?

Après quelques autres protestations encore plus animées, Adonijah réussit enfin
à obtenir de lady Albertina la promesse
qu'elle ne quitteroit pas l'Angleterre avant
de l'avoir revu.

— Mais, ajouta-t-il, cette maison où demeure sir Amias n'est plus une habitation
convenable pour vous et pour votre fils.
Vous êtes ici en danger, et il faut que vous
échappiez aux piéges et aux filets de l'oise-
leur. C'est pourquoi je vous procurerai
une demeure dans une retraite agréable,
et lorsqu'elle sera prête je vous y condui-
rai, car ne suis-je pas votre ami ?

C'étoit une conséquence si naturelle de
ce qui s'étoit passé, que la malheureuse
veuve, consolée par l'amitié inattendue
qui venoit si singulièrement la soutenir,
dans le moment où elle étoit abattue par

I.   7

un si grand revers de fortune, consentit à
tout ce qu'il lui proposoit. Lorsque Adonijah se leva pour se retirer, elle lui tendit
la main; il la toucha un instant de ses
lèvres, et lui passa en même temps au
doigt un anneau d'un grand prix.

CHAPITRE XIII.

LE COMPLOT.

« Si sa vertu ne lui put obtenir
D'être à l'abri des coups de l'infortune ;
Si les chagrins qui vinrent l'assaillir
La firent boire à la coupe commune
De tous les maux que nous devons souffrir,
Plus que jamais n'y put boire avant elle
Le plus abject, le dernier des humains,
Qui jugera les œuvres de ses mains,
Sa charité, sa pureté, son zèle,
De quelque poids dans les comptes du ciel ? »

Les Chagrins et souffrances de la reine de Bohême.

AVANT qu'Adonijah fût sorti de Crosby-House, Ralph Hanslap y étoit rentré, et il s'enferma sur-le-champ avec son maître. Il paroît que l'auteur du *Livre de Beauté* ne put savoir ce qui se passa entre eux dans

cette conférence, car il se borne à dire
qu'elle fut très-longue, et qu'elle se pro-
longea long-temps après que toute la maison étoit ensevelie dans le sommeil. Quand
ils se séparèrent, il y régnoit un tel silence
qu'on auroit entendu le sable tomber dans
la sablière placée sur la cheminée pour
marquer les heures. Le seul bruit qu'on y
entendît partoit de l'appartement de lady
Albertina, car son fils s'étoit éveillé, et
elle cherchoit, avec la femme qui en prenoit
soin, à l'apaiser et à le rendormir.

Le bruit de leurs pas, le son de leurs
voix et les cris que l'enfant poussoit de
temps en temps, se firent entendre à Ralph
quand il sortit de la chambre de son maître.
Il tenoit à la main droite un chandelier
dans lequel étoit une bougie allumée, et la
poignée de son sabre étoit relevée sous son
bras gauche. Il s'arrêta un instant dans la
galerie, comme s'il eût hésité sur ce qu'il
devoit faire; enfin il continua à s'avancer,

en marchant sur la pointe des pieds quand il s'approcha de l'appartement de lady Albertina, à la porte duquel il écouta un instant pour s'assurer de ce qui s'y passoit. Il étoit pâle et jetoit autour de lui des regards inquiets. Cet état d'anxiété ne dura pourtant qu'un moment; il reprit bientôt son sang-froid ordinaire, et s'avança vers l'escalier avec un air de plus de confiance qu'il n'en avoit besoin. Mais, au lieu de monter dans sa chambre, il plaça sa lumière sur l'escalier, et descendit dans la cour.

Après son départ, la femme qui étoit avec lady Albertina sortit de la chambre de sa maîtresse pour appeler une femme de chambre que l'enfant aimoit beaucoup, afin qu'elle tâchât de l'apaiser. Mais à peine étoit-elle arrivée à la porte de la galerie, qui donnoit sur l'escalier, et que Ralph Hanslap avoit laissée ouverte, qu'elle revint sur ses pas et rentra dans l'appartement.

— Qu'y a-t-il donc? dit lady Albertina, vous paroissez effrayée.

— Oh! ce n'est rien, répondit la suivante en passant ses vêtemens; seulement tout le monde n'est pas encore couché, car j'ai vu deux hommes sur l'escalier, et je ne pouvois passer devant eux faite comme je le suis.

Pendant qu'elle parloit ainsi, lady Albertina crut sentir une odeur de fumée, et elle le fit remarquer à sa suivante avec une sorte d'inquiétude.

— Quelqu'un a laissé brûler une bougie sur l'escalier, répondit cette femme.

— Allez l'éteindre, lui dit sa maîtresse, de crainte qu'elle ne cause quelque accident.

Mais, avant que la nourrice eût eu le temps d'ouvrir la porte, la voix de Ralph criant au feu! au feu! alarma toute la maison.

Lady Albertina se précipita sur le ber-

ceau de son fils, le prit entre ses bras, par-
courut la galerie à la hâte, et descendit
l'escalier sur lequel la bougie brûloit encore
innocemment. Sa suivante l'accompagnoit
à quelques pas de distance, cherchant à
achever d'arranger ses vêtemens en courant.

En arrivant dans la cour, elles virent les
flammes sortir d'une fenêtre, et quelques
domestiques à demi vêtus courir çà et là
avec des seaux et d'autres ustensiles qu'ils
emplissoient d'eau. On avoit ouvert la porte
donnant sur la rue, et un grand nombre
de personnes, attirées par les cris d'alarme,
étoient déjà entrées dans la cour.

La foule étoit si grande que lady Albertina se trouva séparée de sa suivante, et
elle resta debout dans la cour, tenant son
enfant dans ses bras.

— Ne vous alarmez pas, lui dit un étranger; le feu est peu de chose, et il sera bientôt éteint. Mais la nuit est bien froide;

permettez-moi de vous offrir mon manteau.

L'agitation ne lui permit pas de répondre à cette offre.

—Je tiendrai votre enfant, Milady, pendant que vous passerez le manteau, lui dit un autre étranger avec beaucoup de politesse. Et, pendant qu'il prenoit l'enfant des bras de lady Albertina, l'autre jeta son manteau sur la tête de la mère, de manière à l'en couvrir entièrement.

Elle l'entr'ouvrit sur-le-champ pour reprendre son fils, regarda devant elle à droite, à gauche, par derrière. Les deux étrangers avoient disparu.

Il seroit inutile de chercher à peindre la consternation de cette mère infortunée, quand elle reconnut qu'on lui avoit si soudainement dérobé son enfant. Elle couroit de tous côtés dans la foule, se tordant les mains et demandant son fils à grands cris. Cependant en moins de cinq minutes le feu fut éteint ; ceux qui étoient entrés dans la maison pour apporter des secours, ou pour satisfaire leur curiosité, se retirèrent; et la pauvre mère, succombant à sa douleur, fut reportée dans son appartement sans connoissance, pendant que sir Amias donnoit à haute voix des ordres à tous ses domestiques de chercher l'enfant dans toute la ville.

— Je suis au désespoir, dit le baronnet en rentrant dans l'appartement de son épouse, qui étoit dans une autre partie de la maison; mon honneur est perdu pour toujours. Cette mère désespérée va m'accuser d'avoir fait voler son fils, et, s'il est vrai qu'elle puisse prouver son mariage, tous ceux qui entendront ces accusations insensées me croiront coupable de ce crime.

Lady de Crosby ne lui répondit rien; elle l'écouta en silence, le regarda d'un air grave, et se penchant sur le berceau de sa fille, qui n'avoit encore que quel-

ques mois, elle arrosa de ses larmes le
visage de son enfant.

Après cette nuit fatale, les inquiétudes, les angoisses maternelles, et le désespoir troublèrent tellement la raison de
lady Albertina, qu'on crut qu'elle n'en
recouvreroit jamais l'usage. Cependant sa
douleur, sans cesser d'être vive, devint
plus calme avec le temps, et au bout de
quelques semaines elle fut en état de
recevoir le père Giovanni, et d'écouter
ses consolations spirituelles; sir Amias la
fit assurer plusieurs fois de son amitié constante et du vif intérêt qu'il prenoit à elle;
mais il eut beau en solliciter une entrevue, elle ne voulut jamais y consentir. Elle
n'admit pas davantage chez elle lady de
Crosby, mais il paroît que ce fut par un
autre motif; car, quand elle la rencon-
troit par hasard, elle lui serroit la main
avec une vive affection; et jamais elle ne
lui parla de la perte qu'elle avoit faite.

Quand sa santé, que l'excès du chagrin avoit considérablement altérée, commença à se rétablir, elle envoya chercher Adonijah; elle savoit qu'il s'étoit fréquemment présenté à la porte pour s'informer de sa santé, et elle désiroit le remercier de cette attention. L'intérêt qu'il lui avoit témoigné avoit fait sur elle une profonde impression; elle pensoit souvent à lui comme à un ami sur qui elle pouvoit compter; et, lorsqu'elle fut en état de réfléchir, il lui sembla que personne ne pouvoit être plus en état de diriger des recherches actives pour découvrir ce qu'étoit devenu son fils. Dans la première violence de son chagrin, elle s'étoit abandonnée aux idées les plus noires, aux craintes les plus terribles, s'imaginant que son fils avoit été assassiné, et que le même sort l'attendoit aussi elle-même. Mais enfin, la raison commençant à reprendre son empire sur elle, elle ne put croire que sir Amias, à la perfidie et à la cupidité du-

quel elle attribuoit l'enlèvement de son fils,
eût poussé la cruauté jusqu'à faire assassi-
ner de sang-froid un enfant; et elle espéra
que le ciel le rendroit un jour à la tendresse d'une mère.

CHAPITRE XIV.

UN AMI.

« Chacun est le jouet de quelque passion ;
Je le suis de l'honneur et de l'ambition,
Et vous portez les fers de la belle de Guise. »

L'Homme d'état ambitieux.

Lors de la seconde entrevue d'Adonijah avec lady Albertina, il se présenta devant elle d'un air tout différent de l'humilité et de la méfiance de lui-même qu'il avoit montrées quand il lui avoit rendu sa première visite.

Lorsqu'il entra dans l'appartement, elle étoit assise donnant quelques ordres à deux femmes qui étoient debout près d'elle.

Il s'arrêta en les voyant, et lady Albertina, s'apercevant qu'il désiroit lui parler en particulier, leur dit de se retirer. Alors il s'avança vers elle, sans attendre qu'elle l'y invitât, d'un air respectueux à la vérité, mais avec ce mélange de familiarité que se permettent quelquefois les gens qui croient avoir acquis un droit de supériorité sur un autre, soit par leur influence, soit par les services qu'ils lui ont rendus.

— J'ai bien du plaisir, Milady, lui dit-il, de vous voir enfin sortir du sombre brouillard qui vous couvroit. Je suis venu bien des fois à votre porte pour savoir comment vous vous trouviez, car mon esprit étoit comme l'esprit du berger chaldéen, qui, en voyant la lune éclipsée, craint que l'ombre qui en couvre la beauté ne se passe jamais. Mais, ajouta-t-il, je ne veux plus vous parler avec cérémonie, car vous serez ma fille, et je serai votre père.

Lady Albertina fut surprise de la liberté qu'il prenoit; mais il continua en lui tenant toujours la main.

— Oui, Milady, il faut que cela soit ainsi. Vous n'avez ni biens ni amis dans ce pays d'Angleterre; moi, je suis riche, et, si vous voulez être ma fille, tout mon argent sera votre ami, et j'en serai plus que payé par le plaisir de vous voir plus heureuse.

— Je ne vous comprends pas bien, Adonijah, répondit lady Albertina en retirant sa main. Il est très-vrai que je suis sans amis en Angleterre, mais ce n'est pas relativement à ce sujet que j'ai desiré vous parler aujourd'hui. Vous avez sûrement appris ce qui m'est arrivé depuis que je vous ai vu, la nuit du jour même où je vous avois vu; je suis convaincue que mon fils m'a été enlevé par ordre de son oncle, et....

— Milady, dit le Juif en baissant la voix, vous n'avez pas besoin de me dire qui a, commis ce crime ; mais réjouissez-vous, car votre fils n'est pas perdu.

— Il est donc vrai qu'il vit encore ! s'écria la mère transportée de joie. Où est-il ? quand pourrai-je le voir ?

— Paix ! silence ! dit Adonijah alarmé. Pendant que vous étiez malade, et que personne ne songeoit à votre fils, je l'ai cherché comme le voyageur altéré cherche un puits dans le désert, et je l'ai trouvé. Mais calmez-vous, Milady, et suivez mes conseils ; car sir Amias le vendroit aux Ismaélites, et on ne le reverroit jamais dans ce pays. Nous prouverons à de bons témoins que l'enfant est votre fils, et nous trouverons sur lui quelques marques qui le feront reconnoître par la suite pour l'enfant qui vous a été dérobé et qui a été enlevé de cette maison.

— Mais quand le verrai-je ? s'écria la pauvre mère, à qui toute autre idée que celle de revoir son fils étoit étrangère en ce moment. Mais, au lieu de répondre à sa question, le Juif continua, comme s'il n'eût pas été interrompu.

— Mon fils Josbekashah traversera les mers pour se rendre à Florence. Là, il dira à vos parens et à la famille de votre père dans quels dangers vous vous trouvez ainsi que votre fils, à cause de la cupidité de sir Amias. Vos parens accourront aussi vite que s'ils étoient montés sur des coursiers d'Arabie pour rendre témoignage en votre faveur; et alors j'aurai à m'applaudir et à me glorifier de vous avoir servi de père.

Lady Albertina fut surprise du ton animé avec lequel le Juif s'exprimoit.—Je suis si étonnée de ce que vous m'apprenez, lui dit-elle, que je crains de ne pas être aussi sensible que je le devrois à cette bonne nouvelle. Mais conduisez-moi près de mon fils; partons sur-le-champ, il me tarde de quitter ce repaire de trahison.

Mais une sorte d'enthousiasme s'étoit

7*

emparé d'Adonijah, et, sans faire attention
à ses instances, il dit avec fierté :

— Sir Amias est un homme puissant,
un homme armé de toute la force de la loi.
Vous êtes une pauvre veuve; je ne suis
qu'un Juif, un proscrit. Mais le jeune enfant, armé d'une pierre ramassée sur le
bord du ruisseau, ne brisa-t-il pas le front
de l'orgueilleux Philistin ?

— Sir Amias vous a-t-il jamais nui ou
injurié? lui demanda la veuve.

Adonijah la regarda un instant, et lui
répondit d'un ton calme :

— Le ciel m'a fait un cœur ennemi de l'injustice et de l'oppression, n'importe quelles
qu'en soient les victimes, moi, ma famille
ou les enfans des autres. Il a été doué de
ce don, Milady, par la même main qui
donne au musicien celui de distinguer les
sons harmonieux, et qui accorde à l'homme
de guerre celui de supporter les horreurs
des batailles. Oui, celui qui donne la sub-

tilité à l'homme adroit, l'art de la persuasion à l'orateur ; et au poëte l'enthousiasme
aux ailes de feu, a accordé à Adonijah la
vertu de haïr l'injustice.

Quoique vivement émue par l'accent solennel du Juif, lady Albertina, en jetant
les yeux sur les vêtemens grossiers d'Adonijah, ne put s'empêcher de songer à son
trafic usuraire, qui avoit été la cause de
leur connoissance ; et elle cherchoit à con-
cilier les diverses idées qui s'élevoient dans
son esprit.

Il s'aperçut de ce qui se passoit en elle,
et la regarda un instant avec un air de
tendre compassion, qui n'étoit pas sans
mélange de dignité. Elle crut y voir un
reproche, et s'empressa de l'assurer de la
confiance que lui inspiroit l'intérêt qu'il
lui témoignoit. Mais Adonijah l'interrompit :

— Je ne suis pas surpris, Milady, lui
dit-il, que vous vous adressiez dans votre

cœur quelques questions relativement à
moi ; mais ce que je vous dis est la vérité.
Quelles preuves en voulez-vous? Qui vous
a rendu les riches joyaux que le moine
avoit vendus pour moins du dixième de
leur valeur, sans vous en demander ni le
prix ni même une reconnoissance? qui a
mis à votre doigt cet anneau précieux?
qui a cherché votre fils pour avoir le plaisir de vous le rendre? N'est-ce pas le Juif
Adonijah? l'usurier juif, comme m'appellent les prodigues? Il est vrai, j'accu-
mule l'argent que les prodigues dissipent,
et je m'humilie quand je suis injurié et
insulté par de cruels chrétiens. Mais l'eau
de la source charitable jaillit du sein du
rocher.

Il s'interrompit un instant; une larme
lui sortit des yeux, et il ajouta :

— Hélas ! Milady, l'épée de Machabée
se perdit quand les enfans de Jérusalem
furent dispersés, et le temps du vengeur

n'est pas encore arrivé. Mais je vous parle de moi trop long-temps ; je devrois plutôt vous parler de votre fils.

Lady Albertina leva les mains vers le ciel, et paroissoit vouloir faire quelque exclamation de joie et de tendresse, mais le Juif lui fit un signe pour lui recommander le calme et le silence.

— Réjouissez-vous dans le fond de votre cœur, lui dit-il, car ce n'est pas ici qu'il faut se livrer aux transports d'une joie bruyante. Votre fils est en sûreté ; il est confié aux soins d'un honnête homme qui ne sait pas qu'il est votre fils ; et peut-être sera-t-il bon de ne l'en instruire que lorsque nous aurons des preuves irrécusables pour confondre les projets de son méchant oncle.

— Mais je suis impatiente de voir mon fils : où est-il ? quand le reverrai-je ?

— L'homme qui en est chargé et la femme qui est son épouse sont de braves gens. Ils croient que l'enfant est fils d'Hubert Néville, qui a suivi lord Edmond à la guerre. Ils l'appellent Dudley Néville. Ralph Hanslap leur a dit que c'étoit son nom.

— Ralph Hanslap!

— Chut! la prudence est mère du silence. Préparez-vous à faire un long voyage, et vous ne rentrerez dans cette maison que lorsque vous serez reconnue lady de Rothelan.

— Comment pourrai-je jamais payer de tels services!

— Mon paiement est là, répondit Adonijah en appuyant une main sur son cœur. Mais ce n'est pas le temps de parler davantage : une affaire de ma profession m'appelle au palais de Westminster pour y gagner de l'argent avec un chrétien; car je suis un usurier juif. Quand je reviendrai, soyez prête à partir, et que sir Amias ne se doute pas que c'est pour ne plus revenir.

A ces mots, il la salua et se retira.

CHAPITRE XV.

LE VOYAGE.

« Tout dormoit dans les airs, dans le ciel, sur la terre. »

Henri III, roi de France.

LORSQUE Adonijah fut parti, lady Albertina envoya chercher le père Giovanni, et lui apprit ce qui venoit de se passer. Mais il ne lui fut pas facile de le convaincre des vertus du Juif; il chercha à la dissuader de lui accorder sa confiance, et surtout de partir avec lui, et, pour donner plus de poids à ses avis, il lui conta mainte histoire effrayante, fondée sur l'opinion, alors généralement reçue, que les Juifs se

livroient à l'étude des sciences occultes.
Sans rapporter en détail cette conversation,
nous nous bornerons à dire que la dame
persista dans sa résolution, et que le moine
lui promit de l'accompagner.

Adonijah revint au bout d'une couple
d'heures, et ne resta que quelques instans
pour prendre les derniers arrangemens
avec lady Albertina. En conséquence, le
lendemain soir, dès que la nuit commença à tomber, elle sortit de Crosby-
House avec le père Giovanni, et se rendit
à un endroit que le Juif lui avoit indiqué,
sur les bords de la Tamise, entre Billings-
gate et la Tour, où une barque étoit prête
à les recevoir. Le lieu où ils s'embarquèrent
n'est pas désigné d'une manière très-pré-
cise; mais, après avoir pris quelques peines
pour le déterminer, je crois pouvoir assurer mes lecteurs que c'étoit le terrain
sur lequel on a construit depuis ce temps
l'aile droite de l'hôtel des douanes. Je sais
que quelques antiquaires respectables ne

sont pas d'accord sur ce point ; mais qu'importe après tout, puisque le fait principal
est incontestable, c'est-à-dire l'embarque-
ment de la dame, du Juif et du moine?
et il est également constant qu'il eut lieu
dans une belle soirée d'été, à l'instant où
la lune commençoit à sortir de dessous
un manteau d'épais nuages qui bordoient
l'horizon oriental comme un rempart.

« Par une telle soirée, dit notre
historien dans son style naïf et fleuri,
quand le bruit des occupations humaines
et des voix rauques des hommes occupés
d'affaires mondaines a cédé à la sainte et
gracieuse influence du soir, et qu'on n'entend plus que l'harmonie si douce de
l'onde qui s'écoule, rien ne procure un
baume plus salutaire à un esprit blessé,
que de voguer tranquillement, dans cette
belle saison de l'année, sur le sein de ce
fleuve magnifique, la Tamise. On entend
des chants d'allégresse s'élever sur le bord
des rives, partant de cœurs satisfaits qui

I.   8

chantent avec le bonheur du loisir, et
n'étant interrompus que par les cris joyeux
des parens et des amis qui les rappellent
chez eux, tandis que les fenêtres éclairées
offrent aux yeux quelque chose de plus
brillant encore que la lumière, le visage
satisfait des femmes et des enfans.

» De toutes ces circonstances pleines
d'une douceur calme, l'esprit compose une
potion salutaire pour les plaies du cœur,
et elle charma l'affliction de la malheureuse damè. Tandis que les rames, mises
en mouvement par des bras vigoureux,
donnoient à la barque une vitesse supé-
rieure à celle du courant, l'idée qu'elle reverroit bientôt son fils se présenta à son
esprit, et rendit la santé à son cœur. »

Les bateliers, étant bien payés, firent
force de rames, et le vent favorisant leurs
efforts en enflant la voile de l'esquif, nos
trois voyageurs arrivèrent à Gravesend
avant minuit. Des litières qu'Adonijah y
avoit fait préparer les conduisirent sur-le-

champ à Rochester, où demeuroit Pierre
Pigot, à qui Ralph Hanslap avoit confié
l'enfant.

Il est inutile de dire avec quelle-extase
de joie la mère caressa l'enfant. Adonijah
avoit fait venir quelques personnes graves
et discrètes pour qu'elles pussent rendre
un jour témoignage de la manière dont
lady Albertina avoit reconnu son fils. Dans
ce moment de joie et d'enthousiasme , il
fut impossible de cacher à Pigot et à sa
femme que l'enfant qui leur avoit été remis étoit l'héritier et le fils légitime de
lord Edmond de Rothelan. Ils furent frappés de surprise et de consternation en se
trouvant en quelque sorte complices invo-
lontaires d'un pareil crime; et il ne fut pas
difficile de les déterminer à quitter Rochester pour aller s'établir, avec lady Albertina et le moine , dans une retraite
ignorée pour y rester jusqu'à ce qu'on eût
obtenu des preuves incontestables du mariage de lord Edmond.

Il n'est pas plus nécessaire de dire qu'on prit les plus grandes précautions pour que cette retraite ne pût être découverte par sir Amias; car toutes les parties craignoient son pouvoir, son crédit et surtout ses manœuvres; mais tout porte à croire qu'il ne fit ni ne fit faire aucune recherche. Lorsqu'il apprit la fuite de lady Albertina, il pensa qu'elle avoit exécuté le projet qu'elle avoit formé quelque temps auparavant de se rendre en Italie ; peut-être ne fut-il pas fâché d'être débarrassé de sa présence ; et, comme il la croyoit séparée pour toujours de son fils, et que ce fils ne sauroit jamais quelle étoit sa naissance, il ne s'inquiéta probablement plus de ce qu'elle pourroit devenir. Nous sommes d'autant plus portés à adopter cette opinion, que, comme notre auteur le fait observer fort pertinemment, ceux qui ont acquis de la fortune par des voies illégitimes sont si occupés du plaisir d'en jouir, qu'ils songent rarement à prendre les précautions nécessaires pour en conserver la possession.

Mais à cette époque de notre histoire, LE LIVRE DE BEAUTÉ n'est pas aussi satisfaisant que nous l'aurions désiré, car il nous laisse dans une ignorance complète de ce que devinrent la mère et l'enfant pendant plusieurs années. L'attention de l'auteur se dirige si exclusivement sur les grands événemens d'intérêt public qui se passoient alors, qu'il perd entièrement de vue la famille de Rothelan ; c'est, sans doute un défaut matériel dans son ouvrage ; cependant cette digression peut être regardée comme nécessaire jusqu'à un certain point, car les aventures du jeune lord de Rothelan se rattachent tellement ensuite aux affaires publiques, que la narration en deviendroit presque inintelligible si on vouloit l'en séparer entièrement. Nous ne croyons pourtant pas devoir le suivre pas à pas dans ce long chemin détourné, mais nous sentons que

de même que les eaux d'une rivière ré-
fléchissent une partie des maisons et des
tours de la ville qu'elle traverse ; ainsi,
nous devons en ce moment offrir à nos
lecteurs quelques esquisses historiques,
sans quoi notre récit se trouveroit in-
complet. Laissant donc à nos lecteurs le
soin de remplir, au gré de leurs conjectures, le long hiatus de plusieurs années
qui va séparer ce chapitre du suivant,
nous allons extraire ce que l'auteur rapporte de ce qui se passa à cette époque
dans le conseil du roi Edouard ; car,
quoique ces événemens n'aient pas un
rapport direct à notre histoire, ils sont
autant d'anneaux formant la chaîne de la
destinée du jeune lord de Rothelan ,
comme on le verra ci-après.

CHAPITRE XVI.

LE CONSEIL.

« Mars, tout couvert de sang, siégera sur son trône. »
SHAKSPEARE.

ROBERT, comte d'Artois, ayant eu une querelle avec Philippe, roi de France, passa en Angleterre, fut reçu à la cour avec hospitalité, et fut même traité par le roi avec une sorte de familiarité. Pendant les heures qu'il passa avec Edouard, il prit souvent occasion de parler des moyens par lesquels Philippe s'éleva au trône et en vint au point de lui persuader qu'il auroit dû lui - même être roi de

France, malgré les dispositions de la loi
salique. En conséquence, un conseil fut
convoqué pour délibérer sur cette préten-
tion, et le comte d'Artois, y étant présent,
reçut ordre de répéter en public ce qu'il
avoit dit au roi en particulier relativement
à la succession au trône de France.

Le comte d'Artois étoit doué d'un esprit subtil et ingénieux ; il connoissoit
parfaitement la nature humaine, et il
savoit si bien dorer ses paroles, qu'il donnoit à tout ce qu'il disoit un caractère de
plausibilité qui inspiroit la persuasion.

— Mon souverain et seigneur suze-
rain, dit-il, car je puis vous donner ce
titre puisque je suis ici pour vous rendre
l'hommage que je vous dois comme votre
vassal et votre sujet, quoique la loi salique
ne permette pas à une femme de porter
la couronne de France, elle n'étend pas
cette prohibition aux héritiers mâles des
femmes, et c'est de cette distinction que

résulte votre droit. Lorsque notre feu roi
mourut, votre mère, qui étoit sa sœur,
étant sa plus proche parente, vous a trans-
mis à son héritage des droits qui devoient
avoir la préférence sur ceux de votre pa-
rent Philippe de Valois. Mais, à cette
époque, les cœurs de tous les bons Français craignoient que la France, qui n'avoit
jamais eu d'étranger pour maître, ne de-
vînt une province tributaire d'Angleterre;
et ce fut pour éviter cette dégradation à
leur pays qu'ils appelèrent Philippe au
trône. Mais il y a long-temps que nous
nous sommes repentis, au moins pour la
plupart, de cet acte de trahison, et nous
ne désirons rien au monde plus ardemment
que de voir l'usurpateur renversé d'un
trône qu'il a occupé jusqu'ici sans gloire,
et votre majesté rétablie dans les droits de
ses augustes ancêtres.

Quelque temps se passa sans qu'aucun
membre du conseil prît la parole pour lui

répondre. Enfin le vieux comte de Norfolk,
se tournant vers le comte, lui dit :

— Il y a si long-temps que Philippe
porte la couronne, qu'il paroît que la
généralité de vos concitoyens se soumettent
sans répugnance à son gouvernement. Si
la loi est telle que vous le dites, c'est une
affaire qui ne concerne que les Français,
et je ne vois pas pourquoi, nous autres
Anglais, nous nous en mêlerions. En un
mot, et pour vous parler franchement et
nettement, M. le comte, si vous et d'autres seigneurs factieux en France vous avez,
au mépris des lois et de la justice, trahi les
droits et les prétentions de l'héritier légitime de la monarchie, que nous importent
vos actes de trahison ?

Le comte de Norfolk étoit d'un caractère
irascible, et son air dur rendoit plus sail-
lante la laideur de ses traits. Ce discours,
prononcé d'un ton sec et bourru, déconcerta et courrouça le comte d'Artois; il

n'y répondit pourtant rien, car le comte
de Suffolk prit-sur-le-champ la parole.

— Comte de Norfolk, dit-il, si les
prétentions de sa majesté à la couronne
de France sont si justes et si bien fondées,
ne sommes-nous pas tenus, comme ses
vassaux, et en vertu de notre foi et hommage, de lui prêter secours et assistance
pour les faire valoir?

L'archevêque de Cantorbéry se leva en
ce moment.

— Je n'envisage pas cette affaire sous le
même point de vue, dit-il; n'est-ce point
un péché que de rester dans l'inaction,
quand on voit un crime se commettre?
Cette violation des lois par la France et par
les Français n'est-elle pas un attentat contre
les droits et les usages de tous les chrétiens?
Si nous consentons à laisser un usurpateur
jouir paisiblement de ce qu'il a illégale-
ment acquis, n'est-ce pas renverser tous
les boulevards qui défendent les propriétés,

et donner à tous les méchans qui seront
doués d'audace la permission tacite de
s'emparer de vive force de tout ce qui
pourra être à leur convenance ? Milords ,
je vous prie de ne pas envisager cette
affaire comme intéressant seulement les
droits de sa majesté : vous devez la considérer d'abord comme un crime commis
par le royaume de France contre les lois
reconnues et légitimes des successions , et
ensuite comme un exemple qui doit entraî-
ner des maux incalculables pour toutes
les nations. Les particuliers n'abandonnent
pas leurs droits sans les défendre; des
princes , qui ont reçu l'onction sainte ,
seront-ils privés des leurs avec impunité?

Le comte de Norfolk fronça ses gros
sourcils pendant que l'archevêque parloit
ainsi , et lui dit ensuite d'un ton sec:

— Est-ce un ministre de paix qui prêche
la guerre ?

L'évêque de Londres se chargea de

répondre pour l'archevêque de Cantorbéry, et dit en s'adressant au comte de
Norfolk :

— L'avis de sa grâce est seulement
d'opposer la justice à l'injustice; quand
des méchans nous dépouillent de la tota-
lité ou d'une partie de nos biens, pourquoi
armons-nous contre eux ceux qui sont
chargés de faire respecter les lois? pourquoi donnons-nous à nos juges et à nos
jurés le pouvoir de les punir, même de
la peine de mort? C'est parce que les
intérêts de la justice et de la société sont
plus précieux que la vie de quelques indi-
vidus coupables. Pourquoi appelons-nous
criminels ceux qui se mettent en possession de nos biens sans notre permission?
c'est parce qu'ils agissent d'une manière
contraire à la justice. Pourquoi les fuyons-
nous comme s'ils étoient infectés de la
peste? c'est parce que nous savons que
leurs maximes engendrent le désordre, et
que leur morale est impure. Ce n'est pas

pour le fantôme de gloire qui remplit
le cœur du soldat, que le ministre de
paix conseille à sa majesté de prévenir les
maux que peut faire au monde l'usurp-
pation du trône de France ; c'est pour
les étouffer dans leur berceau, pour les
empêcher de se propager, ce qui ne man-
queroit pas d'arriver, si l'ordre pouvoit
se violer ainsi avec impunité. Il existe
entre les nations comme entre les
hommes une communauté d'intérêts, et
de même que l'homme, qui fait tort à
ses semblables en est puni par les lois,
ainsi la nation qui se rend coupable de
mauvais exemple, doit être châtiée. Et
pour démontrer les maux que peut occa-
sioner cette usurpation, quelle autre
preuve vous faut-il, Milord, que là différence d'opinions qu'elle fait naître entre
nous et qui pourroit dégénérer en querel-
les, en dissensions, et en ressentimens
implacables? Mon opinion est donc, comme
ministre d'une religion qui veut que la

justice soit maintenue à tout prix, qu'on
ne peut concevoir un seul doute sur le
parti que nous devons prendre, et je le
dis: Plutôt la guerre que de laisser triom-
pher l'injustice (1) !

Le comte de Warwick ne fut pas fâché
d'entendre ces deux vénérables prélats
prouver que le jeu héroïque de la guerre
devenoit un devoir, quand il s'agissoit de
soutenir les droits véritables ou supposés
du roi d'Angleterre au trône de France. Il
jeta un coup d'œil de satisfaction au roi,
qui présidoit l'assemblée, et qui y portoit
la couronne et le sceptre, ainsi qu'il résulte
d'une enluminure qu'on voit en cet endroit du manuscrit ; et se tournant vers
les prélats, il leur dit:

— Il est digne de votre sagesse et de

(1) Il y a peut-être ici une allusion dirigée
contre le dernier évêque de Londres, pasteur
qui votoit toujours pour la guerre, quoique
évêque et ayant publié un poème de malédiction
contre ce fléau des peuples.   (*Note de l'éd.*)

votre piété de montrer les dangers qui
résultent de ce qui se passe en France ;
mais nous qui ne sommes que des soldats,
nous sommes plus propres à agir qu'à dis-
cuter. Mes frères d'armes ici présens et
moi nous nous mettons à votre disposition. Si vous dites que nous devons dé-
ployer nos bannières pour redresser un
tort, nous sommes prêts à obéir ; car
nous ne sommes que les bras du royaume
et vous en êtes la tête : c'est donc à vous
à réfléchir, et à nous à exécuter.

Se tournant ensuite vers le roi, il ajouta :
— Votre majesté a entendu l'opinion de
ces hommes respectables. Vous ne pouvez
avoir de plus sages conseillers dans cette
affaire ; et ce qu'ils vous conseillent de
faire, j'ose dire que tous les barons d'Angleterre vous aideront de tout leur pouvoir
à l'exécuter. Délibérez donc avec eux,
Sire, et vous nous trouverez prêts à agir.

Le roi sourit, et fut charmé d'entendre

un discours qui s'accordoit si bien avec ses sentimens, mais il renferma sa satisfaction dans son cœur, et dit avec le ton solennel qui convenoit à cette occasion.

— S'il est vrai, comme vient de le dire notre cousin d'Artois, que les héritiers mâles des femmes ne sont pas exclus du trône de France par la loi salique, on ne peut conserver aucun doute de mes droits à la couronne de ce pays ; et il est du devoir de tout homme de bien de m'aider à recouvrer un bel héritage dont l'injustice ma privé. Mais je veux avant tout que ce point de loi me soit clairement démontré ; je ne ferai dans cette affaire rien qui ne soit sanctionné par la justice et la sagesse. C'est donc à vous, Milords archevêque de Cantorbéry et évêque de Londres, à vous dont l'œil doit être comme la lumière du soleil, que je confie la tâche importante de rechercher la justice et la vérité. Si elles sont pour nous et pour notre cause, vous n'aurez à me reprocher

8*

aucune lenteur à faire valoir mes droits ,
et à les soutenir, s'il le faut, par la force
des armes.

Notre auteur ne dit pas si les prélats
s'occupèrent de cette recherche , et s'ils
découvrirent que la naissance d'Edouard
lui donnoit réellement droit à la couronne
de France ; mais il finit le chapitre dans
lequel il rend compte de cette délibération,
en disant que sa majesté ne tarda pas à
être proclamé, avec toutes les formalités
d'usage, roi de France et d'Angleterre,
et ajouta ensuite les fleurs-de-lis à ses
armoiries.

~~~~~~

CHAPITRE XVII.

LE PAGE.

« La justice du ciel souvent marche à pas lents,
Mais ses coups sont certains ; et l'on voit les tyrans,
Soit plus tôt , soit plus tard , frappés de sa vengeance. »

La Princesse anglaise.

APRÈS avoir fait connoître l'esprit qui
régnoit dans le conseil d'état d'Angleterre
et les résolutions qui y furent prises, notre
auteur trace une esquisse brillante et
rapide du commencement des guerres auxquelles donnèrent lieu les prétentions
d'Edouard à la couronne de France ; et il
s'occupe exclusivement de cet objet jus-

qu'au moment où il a occasion de parler
du sac de Durham par David II, roi d'E-
cosse. Alors la famille de Rothelan repa-
roît sur la scène. L'invasion que les Écossais
firent en Angleterre à cette époque, dit-
il, fut le résultat d'une alliance que le
jeune roi d'Écosse avoit faite avec Philippe
de Valois, et elle causa d'autant plus d'embarras à Edouard, qu'elle eut lieu dans
un moment où ses finances étoient si épui-
sées, qu'il fut obligé d'avoir recours à un
grand nombre d'expédiens pour lever de
l'argent.

Sir Amias de Crosby fut du nombre de
ceux à qui le lord grand-trésorier s'adressa,
par ordre du roi, pour remplir ses coffres.
Le baronnet n'étoit pas riche en argent
comptant, mais il avoit une quantité considérable de bijoux précieux, et il sentoit
qu'il avoit tant d'intérêt à maintenir son
crédit à la cour, qu'il résolut de disposer
d'un de ses plus beaux écrins. En conséquence il envoya chercher Adonijah.

Le Juif reconnut sur-le-champ l'écrin que sir Amias lui proposa d'acheter. C'é-toit celui qu'il avoit acheté quelques an-nées auparavant du père Giovanni, et qu'il avoit rendu ensuite à lady Albertina. Il ne pouvoit s'expliquer comment il se trouvoit entre les mains du baronnet, car il avoit cru jusqu'alors que cette dame l'avoit em-porté, et qu'elle l'avoit encore en sa pos-session. Il cacha pourtant sa surprise, et dit avec son ton d'humilité ordinaire, après avoir ouvert l'écrin :

— Ce sont de jolis bijoux, et j'en vois quelques-uns qui sont de ma connoissance. C'est moi qui ai vendu ce collier de perles pour la belle dame qu'on croyoit épouse du lord votre frère.

Sir Amias parut interdit de cette re-marque, mais il se rendit maître de son émotion.

— Vous vous trompez, lui répondit-il ; car lord Edmond a acheté ces perles à Flo-

rence. Il n'a acheté aucuns bijoux pour
lady Albertina depuis son retour en Angleterre.

— Je ne me trompe pas, répliqua le
Juif; je connois ces perles aussi bien que
les étoiles que je vois toutes les nuits. Je
pourrois rendre témoignage, sur serment,
que cette belle dame les a reçues de mes
propres mains.

Il prononça ces mots d'un ton si ferme,
et en y joignant un regard si pénétrant,
que sir Amias, ne sachant que répondre,
lui dit avec encore plus d'embarras :

— Cela est possible. Lord Edmond peut
les avoir achetées sans m'en parler : il ne
m'appeloit pas toujours à son conseil privé.

— Ah! dit Adonijah, les yeux toujours
fixés sur l'écrin, c'étoit une jeune dame
bien aimable! J'eus bien du plaisir à lui
remettre ces perles! Et où est-elle à présent, sir Amias, car il y a bien des années
qu'on ne la voit plus?

— Elle est retournée dans sa famille, en Italie.

— Et son fils, l'a-t-elle emmené avec elle? Mais je perds la mémoire; il me semble qu'on le lui a volé. N'est-il pas bien étrange qu'on lui ait ainsi volé son enfant, sir Amias?

— Puisque vous connoissez la valeur de ces bijoux, j'espère que vous m'en donnerez un bon prix.

— Mais les voies du Seigneur sont merveilleuses. Ce fut sa main qui tira Joseph de la servitude pour l'élever sur toute l'Egypte, et qui força ses frères qui l'avoient vendu, à se prosterner devant lui, comme il l'avoit rêvé dans ses songes.

— A quel propos me parlez-vous ainsi?

— Pour vous donner des consolations en vous faisant concevoir l'espérance de revoir un jour le fils de votre frère.

— Cela ne vous regarde pas. Je vous ai

fait venir pour vous vendre ces bijoux; j'ai besoin d'argent, et c'est pour le service du roi.

— Ah! ces guerres, ces guerres! Ce
sont des plaisirs coûteux pour les rois!
Mais, sir Amias, si vous voulez m'accorder une grâce, je vous achèterai ces bijoux, et je vous en donnerai un bon prix.

— De quoi s'agit-il?

— En donnant de l'argent au roi, vous
devez être en crédit à la cour : or il y a
un jeune homme, fils d'un négociant de
Bristol, qui est beau garçon et d'une belle
taille pour son âge. Son père, qui est riche,
désire l'avancer dans le monde, et il m'a
fait de grandes promesses si je pouvois
faire entrer son fils comme page, soit chez
un évêque, soit chez quelqu'un des capi-
taines du roi. Si vous pouvez m'aider dans
cette affaire, je vous paierai ces bijoux au-
dessus de leur valeur.

Une proposition si raisonnable et si
avantageuse ne pouvoit se refuser, et en

conséquence le Juif acheta une seconde fois cet écrin.

Dans le cours de la même journée, sir Amias porta au palais l'argent qu'il venoit de recevoir; et, quand il fut de retour chez lui, il envoya chercher Adonijah, pour l'informer que lord Mowbray avoit consenti à prendre le jeune homme en qualité de page, si, après l'avoir vu, son extérieur lui convenoit.

La satisfaction avec laquelle le Juif apprit cette nouvelle fut si manifeste, que sir Amias le railla sur le grand profit qu'il sembloit attendre de cette affaire; mais le jeune homme n'étoit autre que le jeune lord de Rothelan. Il est bon de remarquer ici en passant que notre auteur continue toujours à le nommer Dudley Néville, nous ne savons pour quelle raison. Lorsque le Juif le conduisit à sir Amias, pour qu'il le présentât à lord Mowbray, il l'introduisit aussi sous un autre nom, mais nous lui

I.   9

donnerons désormais celui qui lui appartenoit véritablement, c'est-à-dire celui de
Rothelan.

D'après les sentimens qui faisoient agir
Adonijah, on auroit pu s'attendre que,
lorsque le jeune Rothelan fut en présence
de son oncle, la conversation auroit pu
amener quelque incident intéressant, mais
il paroît qu'il n'en arriva rien. L'auteur
nous dit seulement que le baronnet fut
charmé de l'air martial et hardi du jeune
homme, et surpris de la richesse de son
costume, qui étoit telle, que, lorsque sir
Amias l'eut conduit chez lord Mowbray,
ce seigneur dit lui-même qu'on auroit pu
le prendre pour le fils d'un empereur.

— Quel homme est ton père, lui demanda-t-il, pour t'avoir équipé avec une
magnificence digne d'un prince ? Tu ne lui
feras pas honneur si tu ne gagnes pas noblement tes éperons. Pourquoi ne t'a-t-il
pas amené ici lui-même ?

— Il est mort, répondit Rothelan; il a été tué dans les dernières guerres.

— Dans les dernières guerres! dit lord Mowbray en se tournant vers sir Amias; ne m'aviez-vous pas dit que son père étoit négociant à Bristol?

— On me l'avoit dit ainsi, répondit sir Amias, fort surpris et un peu mécontent, sans trop savoir pourquoi.

— Ton père, dit lord Mowbray en s'adressant de nouveau au jeune homme, doit t'avoir laissé de grandes richesses?

— Il m'a laissé ma mère, répondit Rothelan.

— Et qui est-elle?

— Elle étoit l'épouse de mon père.

— Nous n'en doutons pas, s'écria lord Mowbray en souriant; mais pourquoi me réponds-tu ainsi?

— C'est que j'ai souvent entendu ma mère le dire en pleurant au vieux Pigot

— Pigot! répéta sir Amias; qui est ce
Pigot?

— N'importe, n'importe! dit lord Mowbray, un peu surpris de l'air de consternation du baronnet. Nous apprendrons tous
ces détails avec le temps; mais il est clair,
sir Amias, qu'il y a quelque chose de mys-
térieux dans l'histoire de mon jeune page,
et que son père n'est pas un négociant de
Bristol.

— Mon père étoit un guerrier, un che-
valier, dit le jeune Rothelan avec fierté.

— J'en ferois serment, s'écria lord Mowbray; mais j'espère qu'on en dira autant
de vous un jour, n'importe ce qu'il fut.

Mais quelque satisfait que fût lord Mowbray du ton, des manières et de l'extérieur
de son nouveau page, le nom de Pigot
avoit fait naître des soupçons dans l'esprit
de sir Amias. Son cœur lui sembloit placé
au milieu d'un brasier dévorant; et sa
conscience lui faisant pressentir un orage de

dangers et d'ignominie, il se sentit l'esprit troublé et rempli de confusion. Il fit quelques efforts pour prendre part à la conversation, mais il ne pouvoit mettre ni ordre ni suite dans ses idées, et sa langue lui refusoit le pouvoir de les exprimer. Il sembloit qu'un coup aussi étrange que merveilleux de la vengeance divine avoit voulu le faire servir d'instrument pour placer l'enfant qu'il avoit voulu perdre, sous la protection d'un homme aussi élevé par son rang que par la noblesse de son caractère. Il se retira promptement pour aller faire part à son confident Ralph Hanslap de la découverte qu'il venoit de faire, et des alarmes qu'elle lui faisoit concevoir; car sa conscience lui disoit que le page qu'il venoit de présenter étoit son neveu, le malheureux orphelin dont il avoit usurpé les biens.

CHAPITRE XVIII.

DÉCOUVERTES.

« Après neuf ans d'absence, ose-t-il reparoître ? »

Arthur.

Un des traits les plus remarquables de cette mémorable histoire est la négligence inconcevable que sir Amias et Ralph Hanslap mirent à s'informer de ce que devenoit le jeune héritier de Rothelan, après qu'ils l'eurent confié à Pierce Pigot. Sir Amias ayant le plus grand intérêt à suivre tous les mouvemens de son jeune neveu, et à savoir s'il étoit mort ou vivant, on auroit dû croire qu'il auroit toujours eu les yeux

ouverts sur lui ; il paroît au contraire, d'a-
près le manuscrit qui nous guide et d'a-
près le recueil des procès d'état, que nous
avons consulté avec grand soin, qu'il l'oublia comme s'il n'avoit jamais existé,
comme s'il n'y avoit eu aucune parenté
entre eux , comme si sa fortune n'avoit pas
dépendu du sort de cet orphelin.

On ne doit pourtant pas supposer que
pendant le long intervalle qui sépara l'enlèvement de l'enfant du moment où il entra en qualité de page dans la maison de
lord Mowbray, il jouit d'une tranquillité
d'esprit parfaite. Ce fut même peut-être
par suite de ses inquiétudes perpétuelles
qu'il s'abstint de prendre aucun renseigne-
ment sur ce que devenoit son neveu. Il
craignoit de se trahir lui-même, en parois-
sant prendre quelque intérêt à son sort ;
mais si la politique lui prescrivoit le silence
à cet égard, elle ne pouvoit calmer ses
craintes, ni arrêter le cours de ses réflexions, conséquence inévitable du crime

qu'il avoit commis, et que tout lui rappe-
loit journellement, même le mobilier de la
maison qu'il occupoit, et qu'il avoit ravi
à son neveu avec ses autres biens. Cependant
dant le trouble qui l'agitoit ne paroissoit
jamais à l'extérieur; et à voir la sérénité de
son front, personne n'auroit pu se douter
qu'il avoit l'âme tourmentée et bourrelée.

La conduite de Ralph Hanslap doit paroître encore plus inexplicable à un obser-
vateur superficiel du genre humain. On
pourroit croire qu'étant en possession du
secret de son maître, il devoit regarder
l'enfant comme un talisman qui mettoit à
sa disposition toute la fortune du baronnet;
et l'on a peine à s'imaginer qu'il ait laissé
échapper de ses mains un instrument si im-
portant. Mais il y a dans la nature deux
différentes clefs pour deux différentes sortes
de caractère, l'une d'argile et l'autre d'or.
Pour sentir la vérité de cette remarque,
il faut faire attention que les hommes sont
en général gouvernés par les sens ou par la

cupidité, et que tout ce qui est extraordinaire dans la vie, tout ce qui excite à ces
aventures qui peuvent servir de sujet aux
romans ou à la poésie, ne sont que des mo-
difications de passions et de caractère, sur
lesquelles on n'a souvent ni empire ni influence.

Ralph Hanslap n'étoit pas un homme
intéressé. Ses désirs étoient bornés, et la
modération et la tempérance étoient en lui
des qualités dues à la nature autant qu'à
l'habitude. Attaché à sir Amias depuis son
enfance, le long espace de temps qu'il avoit
passé avec lui avoit cimenté entre eux une
sorte d'amitié. Cependant cet attachement,
du côté d'Hanslap étoit joint à un sentiment de curiosité, qui venoit peut-être de
ce qu'il se sentoit inférieur en talens à son
maître. Ce n'étoit pas que son génie fût
effrayé de l'ascendant de celui du baronnet,
car, en certaines occasions, il sentoit qu'il
étoit lui-même le maître; mais les moyens,
souvent sinistres, qu'employoit sir Amias

pour parvenir à son but, les voies détour-
nées qu'il prenoit pour y arriver, l'éton-
noient, lui inspiroient de l'intérêt, et exci-
toient sa curiosité. Il alloit sans hésiter
aussi loin que son maître le lui ordonnoit;
mais il ne faisoit jamais un pas au-delà. Ce
fut ainsi que voyant l'oubli systématique
que le baronnet faisoit de son neveu, il
imita la conduite de son maître, ne s'en
occupa point davantage, et attendit avec
curiosité, mais sans impatience, ce qui
pourroit en résulter.

Il arriva pourtant que tandis que sir
Amias étoit chez lord Mowbray avec le
jeune Rothelan, Ralph rencontra par hasard dans la rue Pierce Pigot. Le petit
vieillard le reconnut sur-le-champ, quoiqu'il y eût bien long-temps qu'il ne l'avoit
vu; car, de même que tous les personnages
remarquables, Ralph avoit dans la physionomie quelque chose de peu commun et de
caractéristique, qui ne pouvoit s'oublier
quand on l'avoit vu une fois. Pigot mar-

choit d'un assez bon pas; mais, quand il
l'aperçut, il s'arrêta tout à coup, fit un
demi-tour, comme pour l'éviter, et, changeant de dessein tout à coup, continua à
s'avancer en doublant encore le pas, et
passa devant lui sans avoir l'air de le reconnoître.

Le mouvement de Pigot, son air embar-
rassé, son hésitation et l'accélération de
sa marche, attirèrent l'attention d'Hanslap,
qui reconnut sur-le-champ son ancienne
connoissance. Il devina sur-le-champ que
quelque circonstance relative à l'orphelin
qui lui avoit été confié pouvoit seule l'engager à passer devant lui comme s'ils
eussent été étrangers l'un à l'autre, car il
vit évidemment qu'il avoit été reconnu.

D'abord il résolut de l'arrêter en passant, et de lui faire quelques questions sur
l'enfant; mais en y réfléchissant, et d'après
le premier mouvement du vieillard, qui
avoit paru vouloir l'éviter, il prévit qu'il

éluderoit ses questions, ou qu'il n'y répondroit que pour l'induire en erreur : il se décida donc à le laisser passer sans avoir l'air de le voir, mais il le suivit à quelque distance, pour s'assurer de l'endroit où il logeoit, et il le vit entrer chez Adonijah, où il fut reçu en homme qui y étoit parfaitement connu.

Surpris et confondu de ce qui lui paroissoit un mystère inexplicable, il résolut de ne pas quitter la rue sans en apprendre davantage, et s'y promena quelque temps, sans quitter les environs de la demeure du Juif, en formant mille conjectures dont aucune ne le conduisoit à une conclusion qui le satisfît. Au bout d'environ une demi-heure, la porte se rouvrit, et il en vit sortir une dame, suivie par Pigot. C'étoit lady Albertina, mais le voile épais dont elle avoit le visage couvert et quelque changement que le temps avoit apporté à ses traits auroient empêché Ralph de la reconnoître, si Pigot, la tirant par

le bras, ne lui eût dit à voix basse quelques mots qui firent qu'elle jeta un regard
du côté d'Hanslap, et qu'elle rentra sur-
le-champ dans la maison.

Lady Albertina avec Pigot, et tous
deux cherchant à l'éviter ! Ralph ne pouvoit plus douter qu'elle n'eût retrouvé son
fils. Mais ils étoient dans la maison d'A-
donijah. Adonijah avoit amené le page
chez sir Amias. Ce page, si somptueusement vêtu, étoit de l'âge que devoit avoir
l'héritier de Rothelan, s'il vivoit encore.
Toutes ces circonstances coïncidoient si
bien ensemble, qu'elles ne pouvoient avoir
qu'une seule cause et qu'on ne pouvoit en
tirer qu'une seule conclusion. Avant que sir
Amias fût de retour chez lui, Ralph Hanslap étoit donc prêt à lui faire part d'une
découverte que le baronnet avoit déjà
faite, à l'aide de sa conscience coupable,
et par suite de quelques incidens qui n'é-
toient guère moins concluans que ce que
son confident venoit de voir.

~~~~~~

CHAPITRE XIX.

INQUIÉTUDES.

« Et mes boucles d'oreille ! Elles étoient de perles ;
Mon malheureux époux m'en avoit fait présent,
Pour que je pense à lui quand il seroit absent. »

Ballade espagnole.

QUAND lady Albertina fut rentrée, et
qu'elle eut dit à Adonijah que Ralph
Hanslap étoit dans la rue, qu'il avoit déjà
rencontré Pigot dans la matinée, et qu'il
étoit évident qu'il l'avoit reconnu, puisqu'il l'avoit suivi, le Juif parut fort inquiet.

— Ma chère fille, lui dit-il, ne suis-je
pas un pauvre Juif? et sir Amias ne fera-t-

il pas tomber sur moi sa vengeance, parce
que j'ai été votre ami? Quel malheur que
nous n'ayons pu faire venir de Florence
aucun des témoins de votre mariage !
Votre père est mort. Votre frère l'a suivi.
Votre sœur s'est faite religieuse, et par
conséquent aucun d'eux n'a pu venir.

Lady Albertina, qui n'avoit vu jusqu'a-
lors en Adonijah que prudence et courage,
fut surprise de l'entendre parler ainsi, et
elle alloit tâcher de calmer ses craintes,
quand il reprit la parole en ces termes :

— Les Juifs ne sont-ils pas des chiens
pour les chrétiens ? Les mensonges de sir
Amias ne passeront-ils pas pour des vé-
rités ? Ne fera-t-il pas tenailler la chair d'A-
donijah avec des pinces de fer rouge ? Ne
fera-t-il pas de sa maison un séjour d'a-
bomination et de désolation ? Et vous-
même, ma pauvre enfant, n'êtes-vous
pas opprimée et persécutée comme si vous
étiez un Juif? Sir Amias ne vous a-t-il pas

couverte d'ignominie? Et où sont les témoins que nous comptions produire pour
la faire retomber sur lui? Ne sommes-nous
pas sous la captivité des lois? Les fers dont
l'oppression charge nos bras sont si pesans,
que nous ne pouvons même lever les mains
pour prier. A compter de ce jour, je sais
que votre oppresseur sera mon ennemi.
Où fuirai-je pour éviter une haine qui ne
cessera de me poursuivre que lorsque je
n'existerai plus?

— Hélas! s'écria lady Albertina, vivement émue par les craintes auxquelles le
Juif se livroit, et qui ne lui paroissoient
pas tout-à-fait déraisonnables, votre ruine
sera-t-elle donc la récompense de tous les
services que vous m'avez rendus? Juste
ciel! pardonne les murmures d'un cœur
déchiré! je ne puis que soupirer pour la
fin d'une vie qui semble ne me promettre
aucun bonheur...

Et prenant le vieillard par la main, elle

voulut lui faire de nouveaux remerciemens pour tout ce qu'il avoit fait pour elle ; mais ses larmes lui coupèrent la parole.

Le cœur d'Adonijah fut attendri, et il s'écria : — J'ai prononcé des paroles de folie, et il n'y a pas de sagesse dans mes discours.

— Non, non, dit lady Albertina, vos craintes ne sont que trop bien fondées. Ce que j'ai souffert moi-même prouve assez ce que vous pouvez attendre !

Adonijah réfléchit un instant et lui dit : — J'ai été votre père bien des années, et si la cruauté me chasse de ce pays, le ciel ne suscitera-t-il pas un autre ami en votre faveur ? Je suis vieux, j'ai acquis de l'expérience, et j'ai remarqué que le courant de la destinée coule toujours uniformément. Votre destinée est d'être aimée, ma chère enfant, et vous le serez toujours. Quand votre père Adonijah sera parti, vous trouverez un nouvel ami qui s'offrira

9*

à vous, comme la lumière du matin se présente au voyageur égaré qui a passé la nuit dans une épaisse forêt.

— Hélas ! dit lady Albertina, avec une mélancolie plus touchante que ne l'auroit été une affliction exprimée plus vivement, ce que vous dites n'est que trop vrai. Le cours de ma vie a été uniformément composé de si longs chagrins, que je ne puis m'empêcher de craindre qu'elle ne soit destinée à fournir un exemple de souffrances constantes.

Pendant qu'elle parloit ainsi, Adonijah devint pensif; ses paupières voilèrent en se baissant, des yeux qui brilloient toujours d'intelligence ; il croisa les mains derrière son dos, et se mit à se promener dans l'appartement. Remarquant sa distraction, elle se tut et le suivit des yeux. Tout à coup il s'arrêta, et dit comme en se parlant à lui-même ;

—Les démons eux-mêmes n'ont point

de rivalité ensemble : deux d'entre eux ne
cherchent jamais à entrer en même temps
dans le même cœur. Ni Bélial, ni Moloch,
ni Satan, n'ont d'empire sur sir Amias. Son
orgueil est presque une vertu, car il com-
bat ses inclinations perverses. C'est l'ange
gardien qui lutte contre Mammon, car
c'est Mammon qui a pris possession de son
âme. Et n'ai-je pas des offrandes à présenter à Mammon ?

A ces mots, laissant Albertina fort surprise de ce qu'elle venoit d'entendre, quoiqu'elle ne le comprît guère, il sortit, descendit dans son trésor secret, et en revint
bientôt après, portant en main l'écrin dont
il a été si souvent parlé, et qu'il avoit acheté
du baronnet, il n'y avoit que bien peu de
temps.

— Je porterai ceci à sir Amias, pour
détourner sa colère, dit-il ; je lui dirai que
j'étois dans l'erreur relativement à votre
enfant ; et il ne sera pas fâché de ravoir

ses bijoux à si bon marché. Peut-être me
laissera-t-il vivre sans me molester, quand
il verra que je suis instruit des œuvres de
son astuce en ce qui concerne votre fils.

— Mais sa haine ne le poursuivra-t-elle
pas toujours? s'écria lady Albertina. Ne
tremblera-t-il pas en apprenant que mon
fils vit encore et que je l'ai retrouvé?
N'aura-t-il pas soif, oh!!je puis le dire
sans manquer de charité, n'aura-t-il pas
soif de son sang? Mais qu'avez-vous donc
là, Adonijah? Où avez vous eu cet écrin?
Comment vous est-il tombé entre les
mains? Il m'a été volé dans mon appartement, peu de temps après l'enlèvement
de mon fils.

Le Juif fut d'abord surpris de ses exclamations, mais la surprise fit place à l'émotion. Il regardoit tour à tour la dame et
l'écrin; tous ses membres trembloient, et
des larmes couloient de ses yeux. Enfin
il s'écria d'un ton religieux et solennel en

levant les yeux et les mains vers le ciel :

— Le Seigneur est le roi des merveilles !

S'avançant alors avec vivacité vers lady Albertina, il ajouta en lui montrant l'écrin :

— Ne dites-vous pas que sir Amias vous a volé ceci, cet écrin ? Et, sans lui donner le temps de répondre, il s'écria avec un air de triomphe : — L'arche est rendue à Israël ! Voici notre fortune entre nos mains ! Nous porterons cela à William de Wickham, au grand-prêtre de Winchester ; il a les clefs de la conscience du roi, et c'est un homme juste. Nous lui remettrons les bijoux ; il enverra chercher sir Amias ; il lui fera des questions sur vous et sur vos bijoux, et le Seigneur frappera de confusion l'esprit de sir Amias devant l'homme juste. Alors les rayons du soleil tomberont d'aplomb sur nous et sur notre cause.

Lady Albertina ne voyoit pas très-clairement en quoi le projet d'Adonijah pou-

voit leur être avantageux. Au contraire
elle en étoit alarmée, et elle croyoit qu'une
démarche si décisive ne feroit qu'aigrir la
haine de sir Amias, et accélérer la perte
de son fils.

— Sir Amias, dit-elle, niera peut-être
que ces bijoux m'aient appartenu : n'a-t-
il pas dit hautement que je n'étois pas l'é-
pouse du lord de Rothelan ? N'a-t-on pas
cru tout ce qu'il a dit à ce sujet ? Regardez!
Ne voyez-vous pas, aux armoiries gravées
sur le couvercle, que cet écrin appartient à
Edmond, lord de Rothelan ? Sir Amias ne
s'est-il pas mis en possession de tout ce qui
appartenoit à son frère ? Ne soutiendra-t-il
pas que cet écrin est tombé légitimement
entre ses mains ? Adonijah, votre projet
nous expose à des dangers évidens. Songez
à ce qui pourroit vous arriver, si l'on pensoit que vous avez mal à propos accusé
d'un tel crime un homme si puissant, un
homme qui jouit d'une telle réputation !

— N'importe, n'importe, répondit le Juif avec fermeté; nous avons ici un frein pour arrêter la rage du coursier indompté. Ces joyaux vous appartenoient. N'aviez-vous pas chargé votre prêtre de les vendre? Nous pouvons le prouver. Ne lui ai-je pas remis de l'argent pour le prix de cet écrin? Ne vous l'ai-je pas rendu de mes propres mains? Comment dire que ces bijoux ne vous appartenoient pas? Comment se fait-il que sir Amias me les ait vendus, si ce n'est pas lui qui vous les a volés? L'œil sans paupières du Dieu de Jacob a veillé sur cet écrin, et il a été mis une seconde fois entre mes mains comme la coupe et l'argent le furent dans le sac de Benjamin. Le temps de la détresse est passé pour vous, Milady; nous sommes forts du secours que nous a envoyé le Seigneur, et nous réduirons en captivité ceux qui nous retenoient captifs.

Pendant que le Juif, armé de confiance et de courage, se préparoit à se rendre avec

lady Albertina chez le célèbre William
de Wickham, évêque de Winchester,
Ralph Hanslap et sir Amias étoient en
conférence secrète; et l'alarme qu'ils éprou-
vèrent en se faisant part des découvertes
qu'ils avoient faites, chacun de leur côté,
les engagea à ne pas perdre un instant pour
adopter les moyens les plus prompts de
détourner le danger dont les menaçoit
l'apparition de l'héritier de Rothelan sur
la scène du monde.

Dans le cours de la même journée, des
messagers arrivèrent du nord à toutes bri-
des, pour annoncer que l'armée écossaise
avoit passé les frontières. En conséquence
le roi Edouard partit sur-le-champ pour
aller se mettre à la tête de ses barons, qui
avoient ordre de se réunir à York avec
leurs vassaux. Lord Mowbray fut un des
seigneurs qui l'accompagnèrent, et il étoit
suivi d'un cortége nombreux et brillant,
dont son jeune page ne faisoit pas le moin-
dre ornement.

CHAPITRE XX.

UN HOMME D'ÉTAT.

« La courtoisie est dans son œil, la bonté dans son
cœur, l'espérance dans ses paroles : c'est un homme
d'une excellente probité; et cependant il a un défaut,
une tache à tant de vertus : il met du délai à tout ;
ce qui vient soit du foible de son caractère , soit
d'un vice dans ses bureaux , mais il en résulte de
graves inconvéniens pour ceux qui ont affaire à
lui (1). »

Le Magistrat de la Cité.

La description que fait notre auteur du
départ du roi Edouard de Westminster,
est si brillante, si pleine de vie et de feu,
que nous n'essaierons pas même d'en tracer

---

(1) Cette citation satirique est un portrait assez exact du chancelier actuel , lord Eldon.

(*Note de l'éditeur.*)

I, 10

une esquisse. Le pinceau dont nous sommes
habitué à nous servir n'est pas propre à
peindre la pompe de la guerre et de la
chevalerie. Les couleurs dont notre pa-
lette est chargée ne peuvent représenter
que les émotions du cœur; et le mérite de
nos tableaux est dans quelques-uns de ces
traits qui touchent l'âme plus que les dra-
peries et les ornemens d'architecture.

A quoi bon chercherions-nous donc à
rendre avec un soin scrupuleux des choses
que nous ne regardons que comme subor-
données, quand il en est de plus impor-
tantes et de plus difficiles qui présentent
un noble but à nos efforts? Au lieu de
perdre le temps à copier ce qu'il rapporte
de l'air de dignité avec lequel les chevaliers se mirent en marche, montrant par
leur aspect intrépide que l'expérience leur
avoit appris quelles sont les chances de la
guerre, de l'ambition des écuyers encore
novices, qui faisoient caracoler leurs coursiers pour paroître plus hardis qu'ils ne

l'étoient en effet ; de l'importance des jeunes pages, fiers de se montrer en une pareille occasion ; des figures des valets, sentant encore le cabaret et cherchant parmi les spectateurs quelques compagnons pour leur faire leurs adieux ; des cris des soldats, des acclamations du peuple, de l'éclat des armes et des cuirasses, du son des trompettes, de la foule qui formoit une double haie et où l'on distinguoit de jeunes filles, qui restoient en soupirant dans les derniers rangs, pour ne pas avoir l'air de regretter trop vivement ceux qu'elles voyoient partir, et de bonnes mères fendant la multitude pour serrer encore une fois la main des fils qui les quittoient. Au lieu de transcrire tout ce qu'il dit à ce sujet, nous prierons notre lecteur de s'imaginer de quelle manière une plume sans égale a tracé ce tableau, et de suivre Adonijah et lady Albertina chez l'évêque de Winchester.

Ce fut dans la soirée, quelques heures

après le départ du roi, qu'ils furent admis
en présence de ce prélat. C'étoit un homme
de bonne mine, dont les joues étoient assez
pâles, quoique la largeur de sa poitrine et
la vigueur de ses membres eussent pu faire
croire qu'il auroit dû avoir le teint plus
fleuri. Mais son amour pour l'étude, sa
tempérance habituelle, les profondes médi-
tations auxquelles il se livroit sans cesse,
et le peu d'indulgence qu'il avoit pour lui-
même, lui donnoient, quoiqu'il n'eût aucune maladie, l'air d'un homme robuste
qui n'étoit pas en jouissance de toute sa
santé. Il avoit la voix douce et agréable,
quoiqu'il s'y mêlât quelquefois un accent
un peu aigre, preuve qu'il avoit eu l'humeur vive dans sa jeunesse ; mais qu'il avoit
corrigé, sinon entièrement subjugué, l'excès de cette vivacité par la pratique journa-
lière d'actes d'une bienveillance paisible.
La victoire qu'il avoit remportée sur lui-
même à cet égard étoit si manifeste, qu'elle
prêtoit une nouvelle grâce à son urbanité.

Des affaires relatives au départ du roi l'ayant obligé de les faire attendre quelque temps dans une pièce servant d'antichambre, il donna enfin ordre qu'on fît entrer Adonijah et lady Albertina. Il étoit assis, et, sans changer d'attitude, il daigna leur adresser quelques mots pour s'excuser d'avoir tardé si long-temps à les recevoir; mais, remarquant en même temps l'air de noblesse et de dignité de la dame, et la mélancolie touchante dans laquelle elle étoit plongée, il se leva sur-le-champ, et lui offrit la main pour la conduire vers une chaise.

— Vous m'avez fait demander, pour ce soir même, une audience particulière, lui dit-il; le départ soudain de sa majesté me donne beaucoup de besogne; mais si votre affaire est assez urgente pour ne pouvoir se différer, me voici prêt à y donner toute mon attention.

A ces mots, Adonijah, qui n'avoit pas

été invité à s'asseoir, et qui étoit debout à
quelques pas de lady Albertina, s'avança
vers l'évêque; et, tirant l'écrin de dessous
son manteau, il l'ouvrit, le présenta au
prélat, et commença à lui raconter de
quelle manière il en avoit d'abord fait l'acquisition du père Giovanni.

Pendant ce temps, l'évêque examinoit
les bijoux que contenoit l'écrin, et sembloit endurer ce récit plutôt que l'écouter.
Mais, lorsque Adonijah en vint aux infortunes de lady Albertina et à l'intétêt
qu'elles lui avoient inspiré, le digne prélat
mit l'écrin sur la table, appuya les mains
sur ses genoux, et écouta avec la plus profonde attention.

Le Juïf, lui ayant rapporté toutes les
circonstances de l'histoire de lady Albertina et de son fils, que nos lecteurs con-
noissent déjà, et lui ayant rendu compte
des craintes que lui inspiroit à lui-même
l'inimitié de sir Amias, et des motifs qui

avoient porté cette dame à solliciter l'audience qui lui avoit été si gracieusement
accordée, garda le silence, attendant une
réponse. Il se passa pourtant quelques minutes avant que le prélat en fît une; et,
pendant ce temps, Adonijah, le corps
penché en avant et le bras droit à demi
levé, sembloit vouloir lire ce qui se passoit
dans l'esprit de l'évêque. Lady Albertina,
qui, en entrant, avoit rejeté son voile sur
le côté, s'en couvrit de nouveau pour cacher quelques larmes qui couloient malgré
elle. Enfin, lorsque le prélat ouvrit la bouche
pour parler, Adonijah joignit les deux
mains en faisant un geste de triomphe.

— Madame, dit William de Wyckham,
cette histoire est fort singulière; il s'y
trouve de quoi faire naître des soupçons
contre sir Amias de Crosby; et, si tout ce
que je viens d'entendre est exact, je ne
doute pas de la validité de vos droits. Mais,
malgré la masse des présomptions qui s'é-
lèvent en votre faveur, je dois vous dire

qu'il faudra quelques autres preuves pour
mettre le roi en état de réparer l'injustice
qui paroît avoir été commise envers vous.
Quoi qu'il en soit, je m'en occuperai ;
dans une affaire de cette nature, et quand
un Juif a tant fait pour vous, un évêque
ne doit pas se laisser arrêter par quelques
défauts de forme. Sir Amias de Crosby
sera interrogé en particulier, et je prési-
derai moi-même à cet interrogatoire ? Que
ce Juif ne craigne rien ; je le prends sous ma
protection spéciale. Quant à votre fils, Madame, puisqu'il est à la suite de lord Mowbray, le seigneur le plus respectable de
toute l'Angleterre, vous n'avez rien à
craindre pour lui. Je ne puis m'occuper de
cette affaire ce soir ; mais demain je ferai
venir le baronnet, et vous pouvez vous
présenter chez moi dans la soirée, à pareille heure, pour apprendre le résultat de
cette conférence.

Lady Albertina et Adonijah se retirèrent rassurés et emportant quelques mo-

tifs de consolation; mais les affaires publiques occupèrent tellement le prélat le
lendemain, qu'il n'eut pas le temps de
remplir sa promesse, ce qui laissa à Ralph
Hanslap et à son maître celui d'ourdir de
nouvelles trames, et d'exécuter de nouveaux complots.

CHAPITRE XXI.

ALARME.

« Le son de la trompette annonce les combats,
Et le glaive étincelle en la main des soldats.
Les coursiers belliqueux du pied frappent la terre,
Et leurs hennissemens semblent un cri de guerre. »

La bataille de Hohenlinden.

PENDANT les trois premiers jours du voyage du roi, il n'arriva rien qui mérite d'être remarqué. Mais, quand on arriva à Newark sur le Trent, un homme de la suite de lord Mowbray eut une querelle avec deux étrangers qui, quoique arrivés plus tard, s'emparèrent d'une écurie qu'il avoit déjà retenue. Cette querelle n'eut

pourtant aucune suite ; mais, quoique ces
étrangers, à en juger par leur extérieur,
parussent devoir appartenir eux-mêmes à
quelque seigneur marchant à la suite du
roi, ils montroient une arrogance si re-
marquable, qu'elle fixa sur eux l'attention
générale, et fit même qu'on les regarda de
mauvais œil ; car, quoique leurs manières
fussent d'accord avec leur costume, leur
conduite étoit constamment si grossière et
si impertinente, qu'il sembloit évident
qu'ils étoient à la suite de quelque person-
nage en état de soutenir leur insolence.

Dans la matinée suivante, ces étrangers
se mêlèrent au cortége qui suivoit le roi,
et affectèrent d'en faire partie ; mais on
remarqua que personne ne les connoissoit,
et qu'ils paroissoient éviter toute espèce de
communication avec ceux dans les rangs
desquels ils se trouvoient. Ils sembloient
s'attacher à se placer au milieu des gens
de lord Mowbray, et ceux-ci, déjà irrités
contre eux à cause de la querelle qu'ils

avoient eue avec un de leurs camarades,
se demandoient les uns aux autres quelle
pouvoit être la cause de cette opiniâtreté,
leur lançoient de temps en temps des œil-
lades qui n'annonçoient pas l'amitié, et ne
répondoient que d'un ton bourru aux plus
simples questions qu'ils pouvoient leur
faire.

En arrivant à Pontefract, le roi reçut,
par des exprès qui lui furent envoyés, la
nouvelle du sac et de l'incendie de Durham ; et, brûlant du désir de venger cet
outrage, il donna ordre à lord Mowbray de
marcher en avant pour se rendre à York,
et de mettre sur-le-champ l'armée en mouvement.

En conséquence lord Mowbray, accompagné d'une suite peu nombreuse dont
faisoit partie Rothelan, à qui il s'étoit fort
attaché pendant le voyage, se mit en
marche le soir même. A peine étoient-ils à
trois ou quatre milles des portes de Ponte-

fract qu'un murmure général s'éleva parmi ceux qui l'accompagnoient, en voyant que les deux étrangers persistoient encore à les suivre. Ils en furent tous mécontens et indignés ; mais que pouvoient-ils faire ? Ces inconnus étoient comme eux sur le grand chemin du roi ; ils avoient droit d'y être, et, tant qu'il leur plairoit de voyager dans la même direction, il n'existoit aucun moyen de les en empêcher. La plupart renfermèrent leur mauvaise humeur en eux-mêmes ; d'autres la manifestèrent de toutes les manières qu'ils purent imaginer ; quelques-uns allèrent même jusqu'à pousser rudement leurs chevaux contre ceux de ces deux étrangers, qu'ils accusoient ensuite du choc résultant de cette rencontre, quoiqu'ils en fussent complétement innocens.

Mais quelque insolente qu'eût été d'abord la conduite de ces deux drôles, il étoit évident qu'ils ne vouloient pas alors avoir de querelle ; et la modération qu'ils

montrèrent, contrastant avec le caractère irritable dont ils avoient auparavant
donné des preuves, démontroit clairement
qu'il falloit qu'ils fussent chargés de quelque mission importante. Ainsi, quoique
provoqués plusieurs fois de manière à jus-
tifier le ressentiment qu'ils auroient pu montrer, ils opposèrent la patience aux injures,
et suivirent obstinément lord Mowbray
jusqu'à York.

En arrivant dans cette ville, ce seigneur
fit communiquer sur-le-champ à l'armée
les ordres du roi, et la scène qui suivit
étoit bien faite pour exciter l'ardeur de
son jeune page et lui inspirer des sentimens
élevés. Quand les portes s'ouvrirent pour
les laisser entrer, toute la ville étoit ensevelie dans le silence; des chariots chargés
de bagages et de provisions pour l'armée
remplissoient toutes les rues; à peine voyoit-
on briller çà et là une foible lumière à
quelques fenêtres des étages les plus élevés
des maisons, et le seul bruit qu'on enten-

dit étoit le son de la voix de quelque ivrogne, resté trop long-temps au cabaret, et qui crioit pour se faire ouvrir la porte de son logis.

Mais dès que lord Mowbray fut arrivé au château, et qu'il eut fait part des ordres de sa majesté à sir Dick Danour, qui étoit alors gouverneur d'York, le son des trompettes troubla le silence de la nuit ; et, comme si ce son eût fait jaillir la lumière de toutes parts, on vit en un instant toutes les fenêtres éclairées, et des milliers de torches illuminer toutes les rues. Le jeune Rothelan ne put s'empêcher de se récrier d'admiration en voyant ce spectacle, du haut des murs du château. « De l'endroit où il se trouvoit, dit notre auteur, on auroit dit qu'une pluie d'étoiles venoit de tomber sur toute la ville. »

On entendoit en même temps les hennissemens et les trépignemens des chevaux, les cris des sergens qui appeloient les soldats, le bruit des roues de chariots pesamment chargés qui commençoient à partir, et la voix aiguë des femmes qui, suivant l'usage en pareille occasion, dominoit pardessus tout. Au milieu de ce tumulte, la cloche de la cathédrale, semblable à la voix d'une sentinelle en vedette qui donne l'alarme, sonna minuit. Les soldats se rassembloient alors dans les places publiques, dans les cimetières, dans les grandes rues; et dès qu'une troupe étoit formée, elle se mettoit en marche.

La matinée étoit pourtant bien avancée, avant que toute l'armée fût sortie des portes, et pendant ce temps, lord Mowbray et ceux qui étoient arrivés avec lui prenoient quelques heures de repos, afin d'être plus en état de supporter les fatigues qui les attendoient. Mais, quand il s'éveilla et qu'il demanda son nouveau page; on lui dit qu'il s'étoit levé au point du jour, et qu'il étoit sorti du château. Lord Mowbray en fut surpris, mais il étoit in-

dulgent pour la jeunesse, il supposa que
la curiosité de voir la ville l'avoit fait sortir;
et n'y pensant pas davantage, il fit ses préparatifs pour aller rejoindre l'armée, pré-
sumant qu'il seroit de retour avant que les
chevaux fussent prêts. Il se trompoit pourtant, car Rothelan ne reparut point. Lord
Mowbray, s'impatientant, envoya plusieurs
de ses gens pour le chercher, mais toutes
les recherches furent inutiles, et tout ce
qu'on put en apprendre, c'est qu'il avoit
été vu dans les rues de la ville.

La perte d'un page si bien fait, et qui
lui avoit déjà fait concevoir de si belles
espérances, auroit contrarié lord Mowbray
dans toutes les circonstances; mais sa dis-
parition inconcevable, jointe au mystère
qui sembloit attaché à ce jeune homme,
lui causa, au milieu des soins que lui im-
posoient ses devoirs, une inquiétude plus
qu'ordinaire.

Quant aux gens de sa suite, ils ne man-

quèrent pas de rejeter cet événement sur
les deux inconnus qui leur étoient suspects
et qui avoient également disparu. Ils ne se
trompoient pas dans cette conjecture, car
c'étoient deux émissaires soudoyés par
Ralph Hauslap, qui les avoit chargés d'enlever le jeune héritier de Rothelan.

CHAPITRE XXII.

ANCIENNE CHEVALERIE.

> « Sans descendre de cheval,
> Nous passâmes les frontières;
> Et déployant nos bannières,
> Nous leur donnâmes le bal. »
>
> *La Guirlande de Lochmaben.*

Il se trouve encore une lacune en cet endroit de notre histoire; mais en combinant avec soin et habileté les circonstances rapportées ensuite dans le manuscrit, il est possible de remplir ce vide, au moins en grande partie.

Nous dirons donc que l'évêque de Winchester, William de Wyckham, n'inter-

rogea pas sir Amias à cette époque, comme
il se l'étoit proposé : car, lorsque les affaires
publiques lui laissèrent le loisir de s'occuper d'un acte de justice particulière, et
qu'il envoya à Crosby-House pour mander
le baronnet devant lui, on lui annonça qu'il
étoit parti la veille pour la Bretagne, avec
son écuyer.

Il est assez naturel de supposer que ce
brusque départ avoit un rapport plus ou
moins direct aux événemens qui arrivèrent
alors à notre jeune héros, mais l'auteur
n'entre dans aucun détail à ce sujet, et
nous laisse livrés à nos conjectures. Il garde
le même silence sur ce que devinrent pendant quelque temps lady Albertina et Adonijah; mais la suite des faits semble prouver qu'ils restèrent à Londres, et qu'ils
n'y furent pas inquiétés. L'auteur consacre
si exclusivement sa plume, dans cette partie du manuscrit, à l'histoire de la campagne du roi, qu'il perd totalement de vue
les intérêts de la maison de Rothelan. On

doit certainement regretter qu'il ait si souvent employé son style fleuri et éloquent à
décrire des batailles et des siéges qui,
comme on le sait, ne sont autre chose que
des lieux communs; mais le lecteur judi-
cieux appréciera le goût et le discernement
avec lequel nous élaguons tout ce qui n'a
pas un rapport direct avec notre héros,
auquel nous nous empressons de revenir.

Les deux inconnus que nous avons vu
suivre avec tant de constance la marche
du roi étoient aux aguets à la porte du
château, quand Rothelan, entraîné par la
curiosité naturelle à son âge, en sortit pour
voir le départ de l'armée. Au milieu de la
confusion qui régnoit dans la ville, on sent
qu'il ne dut pas leur être bien difficile de
s'emparer de sa personne, et notre auteur
paroît si bien convaincu de la facilité de
cette entreprise, qu'il ne donne aucun
détail sur la manière dont elle fut exécu-
tée. Il se borne à dire qu'ils le gardèrent
dans une maison située dans un faubourg

jusqu'après le départ de lord Mowbray ;
et qu'ensuite, prenant des chemins détour-
nés afin d'éviter la rencontre des détache-
mens de troupes qui rejoignoient l'armée
anglaise, ils le conduisirent au camp des
Ecossais, et le vendirent à un vieux capitaine
nommé Gabriel de Glowr de Falaside,
comme un prisonnier dont il pouvoit tirer
une bonne rançon. Ici nous devons informer nos lecteurs qu'il se trouve dans le
manuscrit une note très-curieuse, pleine
de l'érudition la plus profonde, de laquelle
il résulte que le nom de Gabriel Glowr
n'est qu'une espèce de traduction en anglais du nom de ce capitaine, que ses concitoyens nommoient Gibby Glowring. Cependant nous lui conserverons le premier,
parce qu'il sonne plus agréablement à l'o-
reille, qu'il a quelque chose de plus ro-
mantique, et que par conséquent il doit
plaire encore davantage aux critiques, pour
qui nous avons autant de déférence que de
respect.

De même que quelques autres guerriers qui étoient alors dans le camp écossais, ce vétéran avoit suivi à l'armée son jeune roi, fils de l'illustre Bruce, moins par le désir de cueillir des lauriers, que dans l'espoir de faire quelque butin. Il fut donc très-content du marché qu'il avoit fait en achetant un jeune page somptueusement vêtu, et le montrant ensuite à quelques-uns de ses compatriotes, il leur dit que les deux drôles qui le leur avoient vendu avoient l'air de coquins d'Anglais, et que cependant ils n'avoient pas été trop déraisonnables dans leurs demandes. Pourquoi l'auroient-ils été? Ils avoient déjà été bien payés par Ralph Hanslap pour emmener Rothelan hors d'Angleterre; ce qu'ils obtenoient de Falaside n'étoit qu'un supplément de profit.

Lorsqu'on apprit dans le camp que l'armée anglaise approchoit, dit notre auteur, les chefs écossais obligèrent leur jeune roi à battre en retraite, afin de mettre en sûreté le butin qu'ils avoient fait pendant la campagne. Mais c'est une calomnie manifeste contre l'esprit de l'ancienne chevalerie, et nous ne perdrons pas même notre temps à la réfuter : nous préférons marcher droit à notre but sans nous arrêter inutilement en chemin.

A cette époque, il étoit d'usage que les Juifs et leurs émissaires suivissent les armées, comme les vautours et les corbeaux, pour acheter le butin des soldats, et pour leur vendre ce dont ils pouvoient avoir besoin ; exemple que suivent encore de nos jours les agens de bien des maisons respectables. Parmi ceux que ce double motif avoit attirés dans le camp écossais, étoit Shébak, frère d'Adonijah.

Quelques esprits difficiles trouveront peut-être invraisemblable qu'un Juif de Londres se soit mis à la suite du camp des Ecossais, car ce n'est que depuis quelques années qu'un Juif peut trouver le moyen de subsister à Edimbourg. Mais Shébak savoit qu'il y auroit moins de concurrens qu'à l'armée anglaise, et peut-être calculoit-il aussi que les Ecossais trouveroient dans leur butin bien des objets dont ils ne connoîtroient pas le prix, et qu'il pourroit se procurer à bon marché. Quoi qu'il en soit, il étoit dans leur camp, et dans l'instant où chacun faisoit ses paquets avant de battre en retraite, le hasard voulut qu'en faisant sa ronde, il entrât dans la tente de Gabriel de Glowr.

Shébak connoissoit en partie l'intérêt généreux que son frère avoit pris aux malheurs de lady Albertina, mais Adonijah avoit si peu de confiance en lui qu'il ne lui avoit jamais laissé voir le fils de cette dame; et, quand même il eût été habitué à le voir, il auroit difficilement reconnu Rothelan sous le nouveau costume qu'il portoit alors. Gabriel de Glowr lui avoit fait quitter ses riches vêtemens de page, de crainte qu'il ne les gâtât dans le désordre

I.

d'une retraite qu'il falloit faire à travers
des marécages, et lui avoit fait mettre de
grandes culottes faisant partie du pillage
de la maison du maire de Durham, qui
étoit d'une grandeur et d'un embonpoint
peu ordinaires, de sorte que la ceinture des
culottes étoit attachée par des cordons autour du cou de Rothelan, et que ses bras
passoient dans des trous pratiqués dans les
poches. Ainsi déguisé, il étoit debout devant la tente de Falaside, assez mécontent
de sa métamorphose, quand Shébak y arriva par hasard, comme nous l'avons déjà
dit, et demanda au vieux guerrier s'il n'a-
voit rien à lui vendre.

Il ne pouvoit arriver plus à propos, car
Gabriel de Glowr tenoit alors en main les
vêtemens richement brodés du jeune page,
et il entendit avec plaisir la proposition que
lui fit Shébak de les lui acheter. Mais ce qui
se passa entre eux en cette occasion fournira assez de matière pour un autre chapitre; seulement, comme il faut rendre à

César ce qui appartient à César, je préviens
mes lecteurs que ce qu'ils y trouveront
est une traduction exacte et littérale du
LIVRE DE BEAUTÉ.

~~~~~~

CHAPITRE XXIII.

LE JUIF ET L'ÉCOSSAIS.

« Pouvez-vous me surfaire ainsi ?
C'est n'avoir pas de conscience.»

Vieille ballade.

SHÉBAK , dit notre manuscrit , vit
Gabriel de Glowr occupé à plier avec
grand soin les magnifiques vêtemens du
page pour les placer dans un porte-man-
teau , tandis que Rothelan , ridiculement
accoutré de culottes prises dans la garde-
robe du maire de Durham , ou dont cette
vénérable personne avoit peut-être même
été dépouillée , le regardoit avec un air

d'humeur et même d'indignation ; le Juif s'approcha du capitaine, et lui demanda s'il vouloit vendre ces vêtemens.

Gabriel de Glowr entendit cette question avec la même sensation de plaisir qu'un usurier entend le son des pièces d'or qu'on lui compte, et se tournant brusquement vers le Juif, qui portoit un sac sur l'épaule, il commença sur-le-champ une négociation dont il espéroit tirer bon parti.

— Que m'en donnerez-vous, lui demanda-t-il ?

— Cela ne vaut pas grand argent ; je vous en donnerai un noble à la rose.

Un noble au diable ! s'écria Gabriel de Glowr ; ces vêtemens valent trois cents marcs d'argent, ou ils ne valent pas un plack ; allez-vous en, voleur que vous êtes ! un noble à la rose ! je n'ai pas besoin d'en entendre davantage.

— Permettez-moi de les regarder ; je ne les ai pas bien vus.

— Voyez et ouvrez bien les yeux ; où avez-vous jamais vu pareille chose ? C'est presque de l'or massif ! il y a plus d'or autour d'une seule boutonnière, qu'il n'en entre dans un noble à la rose !

— Je ne dis pas que cela ne vaut pas un noble, dit Shébak après avoir fini son examen, je conviens qu'on peut en donner davantage.

— Oui, oui, vous pouvez bien le dire ; ne croyez pas que vous arrachiez à un Ecossais ses pendans d'oreilles comme vous l'avez fait autrefois aux sots d'Egypte.

Shébak, s'imaginant que l'aveu qu'il venoit de faire que les vêtemens du page valoient plus d'un noble avoit disposé le capitaine à avoir plus de confiance en lui, lui dit alors :

— Eh bien, je vous en donnerai cinq nobles d'or ; c'est beaucoup d'argent ; mais les Anglais ne sont pas bien loin ; il peut y avoir une bataille, et nous perdrions

l'occasion, vous de vendre et moi d'a-
cheter.

Une bataille ! qu'importe ? vous n'y
connoissez rien. Voyez-vous ce grand
gaillard là bas, qui a un fourneau sur le
dos et une paire de pincettes à la main ?
avec chacune des branches il ·fera un
excellent sabre. Nous ne manquons ni
d'armes ni de courage. Une bataille ! jetez
les yeux sur le camp, et voyez tout le
butin que nous avons fait; jamais la guerre
n'avoit été si profitable aux Ecossais, depuis la journée de Bannockburn.

— Ah! ce fut une mémorable bataille.
Comme les Ecossais se battirent bien !
quel butin ils y firent !

La vanité nationale mit un instant Ga-
griel de Glowr hors de garde ; mais il
reprit sa présence d'esprit sur-le-champ,
et, jetant un regard expressif sur le Juif, il
lui dit avec un sourire malin :

— Vous êtes un rusé compère, sur ma

foi ; mais vous autres Juifs , vous êtes
cousus d'astuce. Et en même temps, étendant l'index, il le poussa , en badinant ,
contre les côtes du Juif, mais si vigoureu-
sement , que Shébak recula en poussant
un grand cri.

— Eh bien ! voyons , demanda le Juif,
combien voulez-vous de ces hardes ?

— Vingt-cinq nobles d'or à la rose, pas
un plack de moins.

— Vingt-cinq nobles d'or à la rose !
répéta Shéback avec un air de consternation , en ouvrant les yeux et en levant les
mains.

— Oui, vingt-cinq, et qui soient de bon
poids.

— Je vous en donnerai six; je ne puis
en donner un de plus.

—Je ne vous en demande pas un de plus;
vous m'en donnerez dix-neuf autres, qui,
joints aux six que vous m'offrez, en feront
vingt-cinq.

— Tenez, je vous donnerai ce qui me reste d'argent, dit Shébak en tirant une bourse de sa poche et en comptant lentement sur une table les nobles d'or qu'il y prenoit l'un après l'autre dans l'espoir que cette vue tenteroit l'Ecossais ; ils sont bien beaux, et il n'y en a pas un seul qui n'ait tout son poids. Jamais plus beaux nobles d'or ne sont sortis de la monnoie. Tenez, en voilà dix; vous voyez qu'il ne reste rien dans ma bourse, et en conscience c'est tout ce que ces hardes valent. Par la barbe d'Abraham, je me ruinerois si je vous en donnois un de plus.

Vingt-cinq est mon mot, Juif. Fouillez au fond de votre poche, vous y trouverez peut-être une seconde bourse.

Après avoir encore marchandé et contesté quelque temps, Shébak trouva effectivement une autre bourse dans laquelle étoient sept nobles; il les compta sur la table, mais Gabriel de Glowr insista tou-

jours pour avoir le prix qu'il avoit fixé. Le
Juif reprit son or et se retira ; le capitaine
se mit à replier les vêtemens du page ;
mais, au bout de deux ou trois minutes,
Shébak reparut.

— J'apprends que les Anglais arrivent,
dit-il, vous allez avoir une bataille.

— C'est bon, c'est bon. Eh bien, vos
nobles ont-ils fait des petits ? Vingt-cinq
est mon mot.

— J'ai rencontré un ami qui m'en a
prêté quatre, et je les ajouterai. Par la
verge d'Aaron ! vingt-et-un nobles d'or
à la rose pour les hardes d'un enfant !

— Eh bien ! allez retrouver votre ami
qu'il vous donne le reste, et ensuite nous
parlerons.

Shébak sortit une seconde fois, et revint presque aussitôt avec vingt-cinq nobles d'or qu'il compta encore sur la table.
Le vingt-cinquième, caché entre son pouce

et la paume de sa main, sembloit avoir peine à se montrer.

— Mon prix est changé, lui dit froidement Gabriel de Glowr ; il me faut trente nobles à présent.

Le Juif poussa un cri perçant, reprit son or à la hâte, et fit un mouvement pour sortir.

— Prenez-y garde, Juif, lui dit le capitaine, si vous sortez, il est possible que mon prix augmente encore.

Shébak s'arrêta, réfléchit un instant, mit la main dans sa poche, et dit au capitaine :

— Je voudrois examiner encore la broderie.

Gabriel de Glowr lui remit les vêtemens du page, et le Juif, les serrant sous un de ses bras, jeta de l'autre main trente nobles d'or sur la table, et s'enfuit précipitamment. Mais le vieux capitaine ne

le tenoit pas encore quitte, il le poursuivit
sur-le-champ, le saisit par une épaule et
le ramena sous sa tente.

— Voyons votre balance, lui dit-il,
et pesez moi cet or, sans quoi je fais
éventrer vos poches par quelques-uns de
mes soldats.

Shébak tira des balances de sa poche
avec un air de répugnance, pesa les nobles,
l'un après l'autre; et, comme il s'en trouva
trois qui n'avoient pas le poids convenable,
il fut obligé d'en donner trois autres pour
les remplacer.

— A présent, dit Gabriel de Glowr,
vous savez fort bien que, vous autres Juifs,
vous avez toujours deux balances pour
peser l'or; l'une pour celui que vous donnez, l'autre pour celui que vous recevez.
Mais, comme je ne veux pas agir à la
rigueur avec vous, vous allez me laisser
les trois nobles qui n'ont pas le poids,
pour m'indemniser de ce qui peut man-

quer aux autres. Ne faites pas de façon, sans quoi je vous mets la tête entre mes jambes, et je ne vous laisse pas une dent dans la bouche.

Le Juif leva les yeux vers le ciel, mais n'y voyant aucun signe qu'il se préparât un miracle en sa faveur, il donna les trois nobles trop légers et se retira sans être encore trop mécontent de son marché.

Au même instant, les trompettes sonnèrent et tout fut en mouvement dans le camp.

wwwwwwwwwwwwwwwwwwwwwwwwwwwwwwwwwwwww

CHAPITRE XXIV.

UNE RETRAITE.

« Ils défiloient sans crainte et sans alarmes ;
On entendoit le son des instrumens,
Des chevaux les hennissemens,
Et l'on voyoit briller les armes. »

La Tentation de Saint-Antoine.

Il étoit digne de sa réputation immortelle, le philosophe qui recommandoit à son ami de ne jamais refuser l'offre d'un présent ou d'une faveur, quand même il ne s'agiroit que d'une bagatelle, et qu'il ne verroit pas qu'elle pourroit en être l'utilité pour lui, attendu qu'il peut venir

un moment où il en reconnoîtra le prix.
D'après le même principe, on pourroit
dire que nous ne devons jamais nous affli-
ger d'un accident qui nous arrive, car,
quelque désagréable qu'il puisse être en lui-
même, il arrive souvent qu'il a des suites
qui finissent par nous le faire regarder sous
un point de vue tout différent. Ce fut ainsi
qu'il arriva qu'en lisant avec attention
le manuscrit qui me sert de guide, dans le
dessein d'abréger la description que fait
l'auteur de la retraite de l'armée écossaise
de Durham, je trouvai bien des détails
et des circonstances que je n'aurois pas
été en état de comprendre, si, dans les
jours de mes indiscrétions de jeunesse,
je n'avois gravi les flancs escarpés du mont
Hœmus, pendant un ouragan et au milieu de tourbillons de neige; vu la cour
anarchique d'un visir, et reçu les politesse
des Russes en guerre avec les Ottomans.

Je me rappelle encore la surprise avec

laquelle mes compagnons et moi, nous
vîmes, en cette occasion; les nuages
qui rouloient sous nos pieds et qui nous
séparoient du monde, et les vapeurs qui
s'en élevoient, qui nous entouroient, et
qui ressembloient à celles qu'on voit s'élever des vagues qui se brisent contre les
rochers, quand on est sur le haut d'un
promontoire; et la résolution silencieuse
avec laquelle nous nous aidions des pieds
et des mains, lorsqu'un vent impétueux,
chassant des flots de neige, nous faisoit
craindre à chaque instant d'être précipités
du haut de la montagne, comme si la
mort, sous une forme visible, eût étendu un linceul pour nous envelopper. Malgré la sublimité du spectacle que nous
avions sous les yeux, nous ne faisions en
ce moment que nous plaindre de nous
trouver exposés à des périls sans utilité,
et nous ne pensions pas aux esquisses har-
dies que les alarmes et le désespoir gra-
voient alors sur notre souvenir, et qui

devoient ensuite être retracées sur la toile
par un savant pinceau (1).

Mais nous ne devons pas occuper ici
nos lecteurs du récit de nos aventures
personnelles ; tout ce que nous voulions
dire c'est que, par suite du voyage auquel
nous venons de faire allusion, nous con-
cevons parfaitement tous les incidens qui
ont dû marquer la retraite d'une armée
chargée de dépouilles, et si nous voulions
prendre une si grande liberté, nous pourrions en grossir la relation un peu mai-
gre qu'en fait notre auteur, persuadé
comme nous le sommes que la discipli-
ne imparfaite des troupes écossaises, dans
le quatorzième siècle, devoit ressembler
beaucoup à ce que nous avons vu de celle
des Turcs dans le dix-neuvième. Mais la

---

(1) Allusion aux voyages de l'auteur en Grèce
et dans le Levant. (*Voyez* la Notice bibliogra-
phique.)

11*

fidélité avec laquelle nous nous sommes
astreints, en commençant notre ouvrage,
à suivre ce qui est consigné dans le LIVRE
DE BEAUTÉ, nous empêche de mêler-à
la trame et à la chaîne du texte, aucun
fil tissé par nos connoissances et notre
expérience. Nous nous bornerons donc à
dire qu'il paroît que Gabriel de Glowr de
Falaside fut un des guerriers écossais
qui retournèrent chez eux chargés de
plus de dépouilles, fruit de leur invasion
en Angleterre; et l'envie de mettre son
butin en sûreté explique suffisamment
les motifs qui le décidèrent à se mettre
en marche vers son château de Falaside,
dès que le signal de la retraite eut été
donné.

En conséquence, tandis que le roi
David Bruce, après sa retraite de Durham, alloit attaquer le château de Werk,
défendu alors par la célèbre Jeanne Plan-
tagenet, l'immortelle comtesse de Salis-
bury, dont nous aurons occasion de faire

ressortir la téméraire magnanimité, en rap-
portant ce que dit notre auteur relativement à l'origine de l'institution du noble
ordre de la jarretière, Gabriel de Glowr
quitta l'armée avec les lauriers qu'il avoit
moissonnés pendant cette campagne, en
étoffes, en armes, en vêtemens, en meu-
bles, en ustensiles de cuisine, pour ne rien
dire des nobles d'or et d'une douzaine de
bœufs de Northumberland, et il passa
la Tweed avec sa suite, emmenant en
Écosse notre jeune héros prisonnier. Nous
ignorons en quel endroit il traversa cette
rivière; l'auteur dit seulement qu'après
l'avoir passée à gué, Gabriel de Glowr
et ses gens traversèrent les montagnes en
se dirigeant vers le nord-ouest, tandis
que le roi s'avançoit du côte de Werk.

La soirée s'avançoit et le soleil étoit
près de se coucher, quand Gabriel de
Glowr s'arrêtant, jeta les yeux en arrière,
et, voyant de loin l'armée royale qui
continuoit à marcher en bon ordre, il

dit à ses soldats : — N'est-ce pas un beau spectacle ?

Parmi cette masse mouvante de guerriers, on voyoit de temps en temps une splendeur momentanée jaillir des armes et des cuirasses frappées par les rayons obliques du soleil, comme on voit des étincelles tirées par le marteau du fer rouge étendu sur l'enclume ; tantôt toute la ligne étoit comme illuminée et présentoit à la jeune imagination de Rothelan l'idée d'un glorieux rempart de feu ; tantôt on ne voyoit que des portions détachés de l'armée, le surplus étant caché par des montagnes, ou enfoncé dans des défilés ; çà et là, comme des vers luisans dispersés dans un bois, on apercevoit quelques traîneurs que rendoit visibles un rayon de soleil tombant sur leur cuirasse. Quelquefois le bruit d'un tambour, le son d'une trompette, se faisoient entendre dans le lointain ; et dans le calme du soir, la marche de l'armée

s'annonçoit par un bruit sourd ressemblant au murmure des eaux, ou à celui
des feuilles sèches jaunies par l'automne
et agitées par le vent.

Nous n'avops aucun moyen de connoître le nombre des soldats à la tête
desquels Gabriel de Glowr avoit quitté
son château pour prendre part à l'invasion de l'Angleterre; mais nous savons
positivement qu'après avoir heureusement
effectué le passage de la Tweed, il avoit

à sa suite sept vigoureux marodeurs, sans
compter le page, ayant des casques de
fer, et des cuirasses d'acier rouillé, et
chassant devant eux cinq petits chevaux
chargés de butin, et, comme nous l'avons
déjà dit, une douzaine de bœufs du
Northumberland; ils étoient à pied, mais
leur chef étoit à cheval, armé d'un sabre
et d'une lance. Rothelan, trop jeune et
trop délicat pour supporter la fatigue de
la marche, avoit été placé sur un des
chevaux de somme; et lorsqu'il y fut assis

entre les sacs remplis de dépouilles, on
pouvoit voir à son air enjoué et décidé,
que, quoiqu'il sût qu'il étoit prisonnier
le malheur qu'il avoit éprouvé ne l'avoit
pas jeté dans un accablement d'esprit. Au
contraire, il gagna les bonnes grâces de
ces grossiers Ecossais par la hardiesse qu'il
eut de leur dire qu'il leur feroit un jour
payer avec usure le prix de ses habits
qu'ils lui avoient volés pour les vendre.

— C'est un lutin ou un farfadet, dit
Gabriel de Glowr; je prie le ciel qu'il
nous permette d'arriver sans que nous
nous brisions les os. Il put paroître dou-
teux, un moment après, que cette prière
eût été exaucée, car, la petite troupe des-
cendant alors une montagne escarpée pour
traverser un ruisseau, le cheval de Gabriel de Glowr passa à côté de celui
de Rothelan, et le malin page lui ayant
donné un grand coup de houssine, le
coursier se cabra et désarçonna le cavalier,
qui auroit roulé jusqu'au bas de la mon-

tagne s'il ne se fût retenu à quelques
buissons. En se relevant il regarda le
page , qui rioit aux éclats, et maudit son
espiéglerie ; mais il ne s'étoit pas blessé ,
et son regard même annonçoit qu'il ne
conservoit pas de rancune du tour qui lui
avoit été joué.

FIN DU PREMIER VOLUME

www.ingramcontent.com/pod-product-compliance
Lightning Source LLC
Chambersburg PA
CBHW070456030726
47503CB00004B/1073